# 同意报销

红 日／著

文联三部曲

天津出版传媒集团
百花文艺出版社

**图书在版编目（CIP）数据**

同意报销：文联三部曲 / 红日著. -- 天津：百花文艺出版社，2015.9(2023.3 重印)
ISBN 978-7-5306-6561-9

Ⅰ. ①同… Ⅱ. ①红… Ⅲ. ①中篇小说-小说集-中国-当代 Ⅳ. ①I247.5

中国版本图书馆 CIP 数据核字(2015)第 212671 号

**同意报销：文联三部曲**
TONGYIBAOXIAO:WENLIANSANBUQU
红日 著

---

**出 版 人：**薛印胜
**选题策划：**韩新枝
**责任编辑：**韩新枝 刘 洁 **美术编辑：**郭亚红
**封面设计：**王 烨 **责任校对：**陈 凯
**出版发行：**百花文艺出版社
**地址：**天津市和平区西康路 35 号 **邮编：**300051
**电话传真：**+86-22-23332651（发行部）
+86-22-23332656（总编室）
+86-22-23332478（邮购部）
**网址：**http://www.baihuawenyi.com
**印刷：**三河市同力彩印有限公司
**开本：**880×1230 毫米 1/32
**字数：**104 千字
**印张：**5.25
**版次：**2015 年 9 月第 1 版
**印次：**2023 年 3 月第 2 次印刷
**定价：**38.00元

---

如有印装质量问题，请与三河市同力彩印有限公司联系调换
地址:河北省三河市黄庄镇赵家庄同力彩印
电话:17710717619

目录

报

废

“羚羊”已经使用八年了，的确应该报废了。八年，抗战都胜利了，我们也该换一辆新车了。然而，换车的念头我们曾经想都不敢想。别的单位换车就像换一台电脑，我们换车那是相当于人体器官移植啊！

正式进入这个话题之前,有必要简要介绍一下我们单位的基本情况。我们单位是一个“前列腺炎部门”,所谓“前列腺炎”,就是用一分钱像排一滴尿一样困难。尽管是这样一个困难的部门,我们单位每年还是不断有人调进来。我记得我刚进我们单位的时候只有六个人,现在我们超编在岗的已经有十八个人了。人数正好跟样板戏《沙家浜》里十八个伤员一样。当然,我们没有一个伤员,而且身体都基本健康,就像十八棵青松一样顽强屹立。“前列腺炎部门”是一个笼统的说法,我们单位具体是个什么单位呢?司机小黄同志车祸骨折后在家休养,一个小偷撬进门来。坐在轮椅上的小黄大喝一声,别动!我是文联,不是残联。小偷闻声落荒而逃。小黄同志是我们单位的,我们单位叫文联。

最近,我们单位一直锁着的“主席办公室”的门,在一天早晨的鸟叫声中敞开了,我们单位迎来了第六任主席。新任主席姓李,名乃高。“六零”版,白白胖胖的,梳一头三七开的西装发型,白衬衫黑西裤,皮鞋锃亮得一尘不染,白皙的手腕上戴着一只金表,无名指上套有一只金戒指。关于这只金戒指,李乃高同志后来还作了专门的解释,那是母亲临终前从她的手指上摘下来给他的。那是传家宝,也是传统,传统是必须继承的。李乃高同志原在一个“用钱像开水龙头一样的部门”当“二把手”,提拔调到我们“前列腺炎部门”来当“一把手”。稍微懂行的人都清楚,这是明升暗降。坊间一个比较集中的说法是,李乃高同志在市里某次会议上不断地打电话发短信,散会后市委书记亲自找他谈话,要他做出深刻的检查。李乃高同志回到单位, 就用毛笔在宣纸上龙飞凤舞一番,然后把自己的检讨书递交上去。市委书记看到的不是检讨书,而是一幅书法作品。市委书记喜出望外,说市文联主席的职位不是一直空缺吗?找了这么多年一直没有找到合适的人选,这家伙不正是最佳的人选吗?真是踏破铁鞋无觅处,得来全不费工夫。写得一手毛笔字的李乃高同志,就这样调到我们单位来当主席了。

但凡新官上任,总要烧它三把火,李主席当然也不例外。李主席烧的第一把火就是要换车——把我们单位目前这辆“羚羊”牌小车换了。我听说早些年朋友碰面就问一句:换了?据说现在朋友碰面也问一句:换了?前者是换人,后者是换车。时代在发展,社会在进步,换的内容也在不断地更新或者变化。这就是时代的潮流。时代潮流浩浩荡荡,顺我者昌,逆我者亡,是任何人都阻挡不了的。

根据司机小黄同志透露,李主席提出换车的动议,是由于两次尴尬的遭遇。第一次遭遇发生在李主席上任后第三天去南海市参加一位领导的告别会。我们的“羚羊”一进入殡仪馆大门,就被门卫拦住了。门卫在前面不断地招手“导航”,直到小黄把“羚羊”开到殡仪馆火炉房附近,门卫才停止他那嚣张的手势。李主席像摇柴油机一样摇下车窗,一脸不高兴地责问门卫,我的车为什么不能停在外面?门卫理直气壮地回答:你的车只能停在这里!李主席不大文明地骂骂咧咧地下了车,他妈的!也不看看这是什么场合,都到了火葬场还比阔气讲排场?好车又怎么样?好车速度越快,抵达这里就越快!头一次遭遇,李主席蔑视速度,而第二次遭遇却是速度让他丢尽了脸面。不久,李主席随考察团到外地考察,我们"羚羊"的编号是"16"号车。车队驶上高速公路不久,前面的先导车就不断地喊话:"16"号车请保持速度!请保持速度!小黄说当时他已经开到一百二十迈了,油门也踩到底了,实在是无法跟得上整个车队的速度。结果由于我们的"羚羊"速度跟不上,导致整个考察团的行程被耽搁了三个小时,预定的晚饭时间被推迟到晚上九点,饿坏了一群开好车的人。小黄道出实情,这两次遭遇让李主席心里很窝火,很没面子。返程的路上李主席就说了,回去就换车,马上就换。李主席所谓的换车,当然就是重新买一辆新车。据了解,李主席在原单位坐的是一辆"尼桑轩逸",排量为2.0。我们单位的这只"羚羊",能跟"尼桑轩逸"比吗?当然没法比。我们单位的"羚羊",排量只有1.3。如果按人的饭量来衡量,我们的"羚羊"不能算是大人或者成年人,只能算个小孩。据说这个牌子的小车,现在已经停产了。当然这没有什么奇怪,现在汽车停产,就像学生语文课本上的范文被删除一样正常。

前面我说我们单位是一个"前列腺炎部门",用一分钱像排一滴尿一样困难。这是一种形象的表述,至于困难到什么程度,我认为有必要展开一下。我们单位十八个人,一年的办公经费是六万元,人均三千三百三十三元,后面还有五位小数点我就省略了。这六万元,就是我们单位一年全部的经费。此外,我们没有收费、罚款和上级拨款等各种各样的收入。年初盘子下来,扣掉报刊费预存一年的水电费电话费车油费之后,我们办公室的电话就只能接听不能往外打了。虽然打一个市内电话也就是几毛钱,但是严峻的经济形势要求我们必须勒紧裤带,自觉节约每一度电每一滴水乃至每一个电话。炎热的夏天,我们的电风扇也是很少开的,尽管电风扇吹出来的风是亚热带季风气候的风,风湿且热。我们手里宁可摇着一把纸扇,也不开那电风扇。手上的纸扇都是艺术品,不是美术,就是书法。书法居多,上面的词句都是自己题写,自己创作的。比如本人纸扇上面写的是:黄昏人静。要是突然有某个兄弟单位要来造访,我们只能统一这样的口径:很抱歉!我们的领导下乡去了,改期吧!然后,我们就不断地改期下去。改期多了就没有一个兄弟单位来造访了,连上级部门的领导也很少下来了,怕给我们增添麻烦。如此尴尬的处境,就连城府很深的包老主席也自叹自己混得像个乞丐。说真的,路边乞丐有时候比我们还义气,还经常聚在一起烧烤。你想想看!这样一个连电风扇都不敢开连电话都不能往外打连一餐饭都招待不起的单位,还能换车吗?这岂不是异想天开!你以为一辆车就像一只电饭锅或者一台电风扇那样,可以拿去参加“家电换新”活动,拿一样旧的去换一样新的回来。据说“别克”汽车公司也推出“以旧换新”举措,但是,我相信“别克”公司的老总绝对不会傻到让你开一辆伤痕累累的“别克”进去另开一辆光鲜靓丽的“别克”出来。虽然这些年汽车的价格直线下降,但是要买一辆新车,买一款像样一点儿的新车,最少也要十五万元以上，还不包括上户保险等各种各样的费用。买一辆新车对那些用钱像开水龙头一样的单位来说,不过是添了几样健身器材。可是对我们单位来说,那是相当于柬埔寨造航母了。

尽管如此,当李主席提出换车的想法之后,我们单位全体同志还是欣喜若狂。我们单位有一个很好的传统,就是相信领导,响应号召。我们认为领导胸中有了目标和想法,这个目标和想法就一定能够实现,而且必定能够实现。尽管那天李主席不在家,我们还是自发组织了一个座谈会,大家联系本单位的实际,忆苦思甜似的畅谈了整整一个上午。办公室里传出多年来从未有过的笑声,笑声吸引了飞翔在办公室外面的几只燕子,它们扑棱着翅膀从窗口飞了进来。陈副当即就吟诵道:旧时王谢堂前燕,飞入寻常百姓家。陈副发言到激动之处,几度喜极而泣。陈副早已改任调研员,准确的称谓是“陈副调”,但我们还是继续称他陈副,多余的那个“调”字,我们像省略 π 的小数点一样省略掉了。陈副,车还没有确定哪一款呢！面对陈副对换车所表现出来的激动,大伙有些担心他的承受能力,因为他有过高血压病史,搭了两个支架,我们不愿意畅想中的新车,突然变成呼啸而至的“120”急救车。陈副架着二郎腿,情绪稳定地一荡一荡的,我认为李主席要换的车,绝对是新款“帕萨特”。有人立即表示迟疑,“帕萨特”,那可得要二十多万哪!陈副胸有成竹道,二十多万算什么?李主席以前在原单位是专门跑钱的。

别的单位领导提出换车，对职工来说无关痛痒。类似于隔壁新婚，轮不到我们激动。但是，我们单位不同，我们没有理由不欣喜若狂。别的单位的车，那是领导座驾，或者叫作领导专车，一般员工是不能随便坐的。谁要想坐进去，只能等到提拔以后。这可是一个漫长的过程，甚至是遥遥无期。某些单位的车不但一般员工不能随便坐，连副职也坐不了。我曾经听说某个类似我们境况的单位，他们的小车报废了，但是他们的“一把手”就是不买新车，而是自己买了一辆私家车，加公家的油自己一个人坐。这位“一把手”说，我凭什么要换车？我千方百计跑钱弄来一部公车，给我手下四个副职一起坐，那不相当于我这个当哥哥的卖田卖地倾家荡产讨来一个媳妇，让四个弟弟也一起跟我睡，这不退化到原始社会了吗？你看看！这话说得多寒碜呀！这话说得多没良心啊！这哪里是人说的话呢？我们单位啊！我们单位的情况就不同了。我们单位的车啊！那才是真正的公务用车，单位的人谁都可以坐。领导开会下乡时坐，财务人员去捐款去交水电费电话费可以坐，办公室人员去领取文件投寄信件也可以坐，只要是出去办公事的一句话，司机小黄就把“羚羊”开出去。

我们单位全体同志也一致认为，我们的“羚羊”已经使用八年了，的确应该报废了，应该换一辆新车了。“羚羊”车身已遍体鳞伤，每次小黄开它去喷漆，修理厂的人就夸小黄真孝顺，又带奶奶来做面膜了。前后排座椅都已塌陷，一坐上去就像坐在摇篮里一样晃悠。发动机已经过几次大修，类似人的心脏已经搭了支架。尤其是停产后，很多零配件厂家也不再生产。零配件不再生产，就相当于人类某一种已经消失的疾病没有了治疗药物，一旦复发蔓延那是无药可治。然而，换车这个想法在李主席上任之前，我们可是连想都不敢想。

换车的决定一旦定下来，回头再看我们的“羚羊”时，就越看越不顺眼了。要形象没形象，要模样没模样。你看它屁股下面露出的那截排气管，简直就是农家竹台上凸出来一根没有锯好的竹管。要功能没功能，要力气没力气。爬坡不能开空调，一开空调就熄火。小黄那天开到一百二十迈，简直是挑战它的极限了，平常开到一百迈方向盘就抖得要掉下来。可是你知道吗？当初我们看到这只“羚羊”时，我们的态度可不是这样的。我们当初一看到它时，就像看到家里突然来了一位新媳妇一样，欢呼雀跃。当它器宇轩昂地开进我们车库的时候，我们的腰杆就一下子挺直起来，感到扬眉吐气，翻身得解放。这八年来，它风里来雨里去，送我们去开会，去体验生活，去访贫问苦……别的车不敢走的路它走了，别的车吃油是喝啤酒那样豪饮，它是喝饮料一样小心翼翼地啜。加它一百块钱的油料，它能往返三百公里的路程。它是吃着小孩的饭，干着大人的活。现在它旧了，老了，丑了，落后了，淘汰了，跟不上形势了，让我们丢脸了，令我们嫌弃了。这都是怪不得“羚羊”的，归根结底是我们心理在作怪。人呀！这类比野兽高级一点儿的动物，在不断研发出大规模杀伤性武器的同时，也不断地冒出各种各样的念头，并常常因为各种各样的念头而昧了良心。“羚羊”啊“羚羊”，你就是这样让我们爱恨交加。

经常看《动物世界》的朋友都知道，正常情况下一只羚羊奔跑的速度，猎豹和狮子是追不上的。可是现实中奔跑在公路上的“动物”们,彼此的速度就不是《动物世界》里的速度了。公路上的“猎豹”,只消一口气就能追上“羚羊”。“巡洋舰”在海里的速度,也是比不上草地上“羚羊”的速度,可是面对陆地上的“巡洋舰”,我们的“羚羊”就是拼了老命也永远逃不脱的, 所以它才取名叫 Land Cruiser , 中文叫作 “陆地巡洋舰”。

这年头谁不向往靓车名车？谁不羡慕 “路虎”、“悍马”、“宝马”？当年我们也不想要这辆“羚羊”啊！我们也想要一辆好一点儿的上档次的不容易淘汰的诸如“广本”、“福特”、“帕萨特”、“别克”之类的车啊！可是,可是你知道当年上面拨给我们多少购车费吗？五万元！你知道这五万元我们打了多少份报告吗？十五份,五届领导平均每届三份。你知道这五万元我们等了多少年吗？我们等了整整二十年。你知道现在这辆不起眼的“羚羊”,我们最终是怎么弄到手的吗？是经过我们单位五届领导一届接着一届矢志不渝地奋斗。第一届打基础,第二届巩固,第三届加强,第四届乘胜追击,第五届终于把“羚羊”开回来了。就像是一场接力赛,一棒接着一棒。不同的是人家是兔子般的奔跑, 我们是一步一步艰难地爬行,属于乌龟的竞技项目。

这样吧！为了尽量不占篇幅,我作这样一个简要的表述。我替单位草拟第一份买车报告的时候是三十多岁,上面终于落实给我们单位这辆“羚羊”时,我已经五十多岁了。在这一过程中,我的儿子高中毕业,考上大学,攻读了硕士研究生,然后出国就读于 Cornell University,就是康奈尔大学,再回到中国当上副教授、教授。我的意思是说,在我的儿子完成从求学到出国再到就业的人生三级跳之后，他的父亲也实现了一个梦想——他的单位终于拥有了一辆小排量的"羚羊"牌小轿车。

前面我说当年我们第一眼见到"羚羊"时，就像见到家里突然来了一位新媳妇一样兴奋不已。可是，当年上面并不是直接给我们送来这只"羚羊"的，而是在我们的第十五份报告上批了五万元购车费，相当于一位开明的父亲，终于同意给他的大龄儿子娶媳妇了，并筹集了婚宴的经费。至于媳妇在哪里，还得儿子自己去找，婚姻自主恋爱自由嘛！

八年前，五万元能买到一辆什么样的车呢？这恐怕是朋友们最关心的一个问题，这也是当年我们最关心的一个问题。我们像拿低保的人走进菜市一样，战战兢兢地在车行里转悠。我们低着头死死地盯着那些车的额头，额头上面吊着车的价格。我们的目光每触到一辆车的额头，我们的心就狠狠地被撞击一下。我们转完了市里所有的车行，终于在一处挨着修理厂的车行发现了我们要寻找的目标——一辆"五菱"面包车。五万块钱，我们只能买这样一款车。"五菱"面包车当时是一款火爆的车，火爆的原因是很多人买来后可以变相营运，偷揽生意，逃避运管部门的检查。

班子连夜召开扩大会议，党员同志全部参加。买车心急的同志认为，这辆"五菱"面包车是可以买的，一是它油耗小，维修性价比高，我们这样一个"前列腺炎部门"能承受得起它的吃喝拉撒。买车不是买完就完，车是需要伺候的。你买一辆"奔驰"，光换一只轮胎就要几千块钱，你伺候得起吗？就好比你娶了一个时尚的女孩做老婆，她一个星期的化妆品，就抵一家人一个月的生活费。其次是“五菱”面包车容量大,可以坐到七个人,超载能坐到九、十人,正好能装得下当时我们单位所有的人。如果我们单位集体出去旅游,这一辆“五菱”面包车就够了。当然,集体出去旅游只能是我们单位一项永远无法实现的远景规划。会后决定放弃这辆“五菱”面包车,理由是它体积虽小,但理论上它不能算是小车,而我们要买的是真正意义上的小车。

转机出现在那年夏天,那个随时都会降阵雨的季节,我们单位来了一位潘副。潘副是因为写一篇小说得罪了上级领导,从报社副总编辑的位子上调到我们单位来分管创作,也是属于真正的人岗相适。潘副一来没多久不知道就从哪里弄来了三万块钱,有点儿像过去进了山寨入了伙的味道。

这三万块钱,是我们单位有史以来第一笔账外收入。这三万块钱一进账,买车的程序就重新启动了。仿佛一只搁浅在干涸河床上的木船,终于迎来了汛期。我们重新回到车行时,很轻松地绕过了那辆“五菱”面包车,先后站在了一辆“皮卡”和一辆“羚羊”的面前。我们账面上的钱,可以让我们选择其中一辆。班子成员就在车行那里现场办公。当时的主席杨天德同志比较倾向于“皮卡”,理由是这辆“皮卡”带有后厢,“三下乡”时可以装演出道具或者书籍,到联系点访贫问苦时可以装面条大米。陈副提醒道,这可是农用车系列,如果出差南海市后厢就得盖上,不然只能等到夜里十点以后才能进城。杨主席征求潘副意见,潘副那时就有私家车了,对单位买车的态度不怎么积极。他“进贡”那三万元,本意是给单位换它几套办公桌椅装上几台空调。潘副人长得高大肥硕,屁股一坐到椅子上,椅子就发出骨折的声音。他人稍微一动哪怕打一个喷嚏就会出汗,电风扇吹出来的风,反而不断催生他身上的汗液。潘副既不倾向于“皮卡”,也不满意“羚羊”。他说我们过一段再买吧！买这样的车很容易淘汰的。杨主席当场拍板不等了，他说上面如果见我们不买车就会把经费收回去。我们已经等了二十年了,我没来之前同志们已经等了十几年了,我来后又等了几年。我们不能再等了,也等不起了。潘副当即建议道,要不我们买一辆好一点儿的“二手车”吧！八万元可以买得一款好品牌的“二手车”。“二手车”虽然是旧车,但无论档次还是质量都是眼前这两部无法比的。潘副这番话一下子触到了杨主席的某个痛处,杨主席很不高兴地连连摆手道,不不不！我们单位买车就像穷人家的孩子娶媳妇,一辈子只讨一个老婆，必须要处女的要红花女的要原装的。我不明白杨主席这番话的含义,旁边的导购小姐脸蛋却涨红得像西红柿一样。潘副不知趣地回道,这是一种虚荣的心态。处女又怎么样？我们要考虑的是她的体质她的体魄,她能不能干重活？能不能担负得起一个家庭的重任？破了瓜又怎么样？只要她身体好基因好，同样能养育出聪明漂亮的孩子……潘副意犹未尽,却被杨主席打断,别废话了！这事我说了算,就买这辆“羚羊”吧！当即就叫导购小姐去开发票。潘副不知道杨主席是离过婚的,而且他的描述正好和杨主席的某些情况雷同。杨主席是因为第一个老婆隐瞒了她的初夜,而且隐瞒了十几年,所以才导致他婚变。而婚变又像高血压并发症一样引发出杨主席在原单位的一些经济问题,虽然够不上法纪追究,组织上还是对他采取体面措施,将他换岗平调到我们单位来。屋漏偏遭连夜雨。杨主席第二任老婆过门没多久就患了贫血,身体虚弱得像一棵枯了根的苦楝树。杨主席远门都不能出,凡超过一天以上的会议一概由陈副或者潘副顶替。为了照顾老婆,几年前杨主席干脆办了病退,像报废车一样提前将自己“报废”了,其实,杨主席的身体壮得像一头牛。说实话,我是个“车盲”。我不懂得汽车的档次和品位,我只知道车子能坐人就行了,就像女人能生儿育女就是完美的女人。但是,我很佩服杨主席对车子的适应性和随意性。杨主席在原单位坐的是“广本”,现在居然不嫌弃“羚羊”这样低档次的车。杨主席说了一句和李主席在殡仪馆说的那句几乎一模一样的话,他说车子就像棺材,好的差的厚的薄的还不一样睡进去,好的厚的睡进去了还能醒来?杨主席还说,“羚羊”又怎么样?我坐着“羚羊”车,穿着“宝马”牌衣服,不就搭配合理了!我是有点孤陋寡闻,只听说有“宝马”车,没想到还有“宝马”衣服,更没想到人和车也可以这样搭配搞综合平衡。

“羚羊”开回来的那一天,我们首先想到的是第一任主席包主席。包老已经八十多岁了,早年从上海“左联”出来的,全国拥有这个头衔的人恐怕不是很多。我们把“羚羊”开到包老的宿舍,把老人家从七楼扶下来。在“羚羊”边肃立恭候的陈副,亲自开车门把包老扶进后排。叮嘱我们道,既然有了车了,就要了解坐车的规矩,坐越野车领导要坐前排坐副驾驶位,坐小轿车领导就要坐后排了。陈副调到我们单位之前是管办公室的,这些规矩他自然了如指掌。“羚羊”载着包老,在我们这个一天比一天拥挤的小城区连续绕了三圈。包老余兴未尽回到小区,感叹道,当年李代总统德邻先生离开南京,他的专机在南京上空也只是绕了两圈啊！

我们好像永远跟不上这个时代的步伐，或者说永远落后于这个日新月异的时代。过去我们是市直机关唯一没有小车的单位，后来好不容易有车了，车子又变成市直机关中最烂最差的车。我们在想方设法买车的时候，也是人家想方设法换车的时候。我们总是永远跟不上，永远处于落后的状态。为此，我很想建议我们的李主席，这次换车，我们就一换到底，换一款美国车。美国车永远不会淘汰，永远不会报废。一旦淘汰了报废了，就变成"老爷车"了，那就是经典了。哪天我们把这款美国车，再开进殡仪馆去一趟，让门卫以为美国总统来了。当然，这只是我一种天真的幻想。美国车我们是买不了的，也不可能买的。公务用车是有具体规定的，别说进口车不能买，就是排量也有明确的规定。

不过，我倒是有一个建议，很有必要跟李主席提出来，就是现在我们换车与当年我们买"羚羊"的情况不同了。当年我们买"羚羊"时账面上还有八万块钱，目前我们账面上可以支配的钱只有三千六百五十三元，只够给"羚羊"支付本年度的年检费。我还想提醒李主席，人家换车就像换一台电脑，我们换车那是相当于人体器官移植啊！

可是种种迹象表明，李主席换车是铁了心了。李主席专门召集我们开了一次会，规定从现在起"羚羊"只能在市区内跑，不能跑长途，理由是他去殡仪馆参加告别会回来忘了"避邪"(就是当场给车子贴一小张红纸)。这当然是一种迷信说法，不可采信。我们心里都明白，李主席是不想让我们再把这只“羚羊”开出去丢人现眼，因为这只“羚羊”，让他已经丢尽了脸面。不过，“羚羊”目前车况的确不好存在安全隐患倒是事实。小黄还告诉我们，有几次他送李主席去开会，在会场远远的地方，李主席就让他停车，自己步行几百米进会场去，仿佛他前面铺了红地毯。有一次下着雨，李主席也是远远地淋着雨走进会场去。这不仅仅是一种只顾面子的问题了，而是一种刚毅的决心和信心，是要破釜沉舟了。

周一早上例会，李主席提出一个出乎意料的议题——我们单位要搞一份刊物。在这之前，我们单位是没有什么例会的，我们经常一个月甚至几个月都不开一次会。李主席来以后，我们一周至少有两次会要开。周一上午是例会，讨论分析我们将要做的工作和正在做的工作。周五下午是学习会，学习会并没有什么具体内容。李主席要求每个人挑选出自己认为最好的一部小说或者一篇散文或者一首诗歌，然后当众朗读，让大家一起赏析。李主席亲自带头朗读，他朗读最多的是舒婷的《这不是一切》。“不，不是一切，都像你说的那样！不是一切呼吁都没有回响，不是一切损失都无法补偿，不是一切深渊都是灭亡，不是一切灭亡都覆盖在弱者头上。”李主席的朗读不仅情感投入，而且字正腔圆。

在正式讨论刊物之前，李主席和往常一样先谈了换车话题。这叫承上启下，因为上周例会我们分析讨论的议题是换车。李主席这次谈换车谈的时间很长，比上次例会谈的时间还长。李主席这样比喻道，对一个农家来说，车子是一扇大门。这扇大门的好与坏，关系到你在一个家族的地位，关系到你在一个村子里的影响力，关系到你有没有话语权，关系到你在信用社那里能不能搞到小额信贷。对于一个人来说,车子就是脚上的一双鞋。不同的人群穿着不同的鞋,不同的鞋体现不同的身份。纵然你是个博士你是个专家你是个院士,在我们这个行业来讲,纵然是个德艺双馨的艺术家,你脚上一双臭烘烘的露出脚趾的鞋,也是让人迟疑的,也是与这个时代不和谐的。李主席最后强调,车子的档次性能和质量,还关系到人的生命安全问题。人要善待自己的同事、朋友和家人,因为下辈子不一定遇见到。人更要善待自己,因为一辈子就在睁眼和闭眼之间。我们一坐到车子上,就把生命托付给它了。谈到这里,李主席话锋一转,就转到了刊物上。话说回来,李主席道,车子虽然是个庞然大物,说到底毕竟只是个面具。我们这样一个单位,真正能够支撑门面的是一份刊物,一份举足轻重的刊物。道公念经要有唱本,我们文人也是道公,也是救赎现实的人的罪孽,我们的唱本就是刊物。没有刊物,我们单位就没有吸引力和凝聚力,失去了吸引力和凝聚力这两样东西,我们单位就形同虚设。

听到会议的议题是搞刊物,始终关心换车的陈副,小心翼翼地问道,我们不换车了?李主席摆了摆手道,车要换,刊物也要搞。要两手抓,两手都要硬,要学会弹钢琴。轮下来应该到潘副发言,潘副在偷偷地摆弄他刚买的苹果手机。潘副最近不但换了手机,还换了私家车,把原来的“马自达”换成了排量为2.5的“别克君威”。潘副自我安慰道,这是我自己给自己落实了个厅级待遇。李主席脸有不悦道,潘副你讲一下吧!潘副不说话则已,一说话直率的毛病又犯了。他说,我想提醒的是,搞刊物不是搞“一夜情”,搞一夜算一夜,搞一期算一期。搞刊物那是真正的谈婚论嫁,组建家庭,得一期接一期地搞下去,一代接一代地搞下去。要么搞要么不搞,搞不下去干脆不要搞。我估算了一下,目前我们搞一份刊物跟换一辆车的困难一样大。换一辆车是一次性投入,一下子需要筹集十几二十万。搞一份刊物,开头只要两三万元就可以创刊了,可是一年下来,一期一期地累计也是一辆车的钱了,只是相当于分期付款而已。所以我认为,今天我们需要讨论的不是刊物叫什么,而是搞刊物的钱从哪里来。我们现在就像一对久婚不孕的夫妇,首先要想的是怎么生的问题。是继续寻医问药呢?还是通过试管婴儿或者借腹生子的渠道把孩子生下来?至于孩子叫什么名字,孩子长大以后要不要培养成作家艺术家,那是以后的课题。

请理解,这就是我们单位的实际。我们单位凡是讨论任何一件事情,最后都陷入经费困难的境地,最后都是因为经费困扰而搁浅。别说一辆车,一份刊物,就是一台传真机我们也没有讨论下来过。我们的确很需要一台传真机,因为我们的业务上级一旦有重要的事项总是通过传真机传给我们。我们由于没有传真机就只好借用单位附近一个打印店的传真机作为我们的传真号,上级有什么通知就传到打印店那里,一次收费五元钱。上级也不是经常有重要通知发下来,偶尔一次五元钱,我们的“前列腺炎”再严重也能承受得起。问题是把传真机设在别人那里,保密的问题就出来了。把传真机设在别人那里,这在战争年代不等于把发报机设在敌人那里吗?杨主席在原单位的经济问题被引发出来,就是因为他的第一个老婆把恐吓信传真到打印店那里。这仅仅是一个案例,其他方面还有很多,我在这里就不一一道出,毕竟家丑不可外扬。

潘副这么一说,其他人就跟着陈副死机闭起嘴巴。因为大家感兴趣的不是刊物,而是小车。况且李主席提出搞刊物也是老话重提,前面五任主席也都提出过要重新搞一份刊物,不仅上送了几次报告,还曾作为提案提交上去过,最后都是胎死腹中,因为没有经费。我们曾经有过一份杂志《木棉花》,只是后来被停刊了。我们这么多的高级编辑,没有一份刊物可编,那不是徒有虚名吗?可是根据我们单位目前的经济状况,搞一份刊物跟换一辆车同样是天方夜谭。

李主席问还有谁要发言,没有了我就讲几句。李主席说,刊物经费问题,不是我们今天这个议题的主要内容,主要内容是刊物名称。经费问题不是同志们考虑的范畴,那是我的范畴,不然要我这个核心做什么。同志们要考虑的问题,是想出一个好的刊名来。李主席还强调,不要以为一份内刊,就可以随便用一个刊名。旧社会那些唱戏的,都还有一个很好听的艺名。内刊又怎么样?内刊同样是刊。你们知道过去我们的夫人叫什么吗?叫内人。内人也是人。一个出色的贤内助,可以成就一个顶天立地的男人。不是有一句话这样说吗?一个成功的男人,背后站着一位了不起的内人。啊不!是女人。见到大家都默不作声,李主席说,我看就叫作《苦楝树》吧!苦楝树是我们这个地方一种常见的树木,它生长在贫瘠的土地上,具有顽强不屈的品格。每到冬天它的叶子纷纷飘落,腐化成肥泥融入到养育它的泥土里。这是绿叶对根的情意,这是一种感恩的树。听到大家没有异议,李主席当即就布置召开

《苦楝树》创刊座谈会，从口袋里掏出事先早已准备好的名单交给潘副，要他亲自通知名单上的单位领导出席创刊座谈会。李主席直到散会前才一语道破天机：同志们！《苦楝树》创刊座谈会一开完，我们换车的经费就有了。

报账员小明从银行回来的那天中午，我们准备下班了。小明进到办公室时，脸色苍白得像一张宣纸。我们以为她挨抢包了，她以前就挨抢过一次。看到她的包还挎在肩膀上，大家认为她可能低血糖了，就递给她一杯水。小明接过杯子，水没喝，说了一句，我们账上怎么进来了四十八万块钱？

我们一听就什么都明白了，这就是各县和市直一些部门参加《苦楝树》座谈会后，回去打进来的赞助费。说到底，就是李主席在原单位时人家欠他的人情。人情就是债务，是必须偿还的。李主席在原单位时曾经关照过他们，给予过大力支持，现在人家把人情偿还回来了。小明那天没参加例会，也没参加《苦楝树》座谈会，她哪知道这四十八万元的来历，以为是人家转错账了。我们几个人心里多少有一些底，都清楚创刊座谈会后，我们会得到一些赞助。以前我们最害怕的就是收到开业、庆典或者座谈会之类的请柬和邀请函，我们把这样的请柬和邀请函叫作罚款单。要钱是要讲究方式方法的，所谓君子爱财取之有道，就是这个道理。但是，我们丝毫没想到居然会有四十八万这么多，打死我们也想不到。我们几个虽然没像小明那样低血糖，但还是呆呆地站在那里，一个个都愣住了。四十八万，那可是我们单位八年办公经费的总和啊！我们情不自禁地想到即将诞生的《苦楝树》，苦楝树啊苦楝树，你就像冬天撒落叶子一样，给我们撒下了一张张钱币。

哪个有烟？给我一支！从来不吸烟的陈副像毒瘾发作一样四处伸手。我们单位“烟鬼”只有小黄一个，而小黄不知什么时候已经窜进机要室。他当即就不顾一切后果地关掉无密级传输网络(我们单位只有一台电脑)上因特网去查询车情，他想尽快知道四十八万能买一款什么样的车。网页一出来，小黄重重地呼出一口气来，妈呀！你们赶快过来看看呀。小黄挪动鼠标，像说相声一样，口齿伶俐地报出一款款名车来——这款是“华晨宝马 5”豪华型，这款是“奥迪 A4L”，这款是“丰田皇冠 V6”，这款是“凯迪拉克”精英高性能版，这款是“英菲尼迪 G 系 G37sedan”标准版，这款是“雷克萨斯 300”炫动版，这款是“沃尔沃 S80L”智尊版，这款是“萨博 Saab9-5ARC”。这么多五花八门的名车，我们还是第一次听到。小黄说，我们现在账面上的钱，可以买到其中的任何一款。我的妈呀！买了这样一款车，晚上我干脆睡在车里面算了。

陈副嘴上已经叼了一支香烟，不过没有点着。陈副老马识途地拍着小黄的肩膀，你别光看款式，你还要看排量，超过 2.0 以上我们是不能坐的。你要清楚，我们买的是公车，而不是私家车。我们单位是国家机关，不是企业单位。公务用车是有规定的，私人和企业买飞机也没有人干预。小黄这才恍然大悟，点击再看，情绪一下子就低落下来。页面上显示的车的排量都超过2.0。陈副拍了拍小黄的肩膀说，这可都是省部级以上领导才能坐的车啊！就是“沃尔沃”、“萨博”我们的书记市长都不能坐，你最好按我们李主席的级别再找其他款式吧！

我们决定到南海车行实地考察，现在做任何事情事先都是要考察的。我们单位虽然从未有过考察的机会，但个人自己考察的机会偶尔是有的。有一次我一个“老同”的儿子结婚，我去交“罚款单”时把休假在家的儿子也带上。儿子问我是不是觉得亏了，叫上他去平衡一下。我说你爸没有小气到这种程度，带你去目的是观摩和考察，因为你以后也会有这一天。考察是有明确目标的，是要具备相当实力的。当然，我们现在买车的实力和当年相比，已经不能同日而语，我们已经有一定的买车实力了。我们现在就像要买名牌服装的阔佬，非要到大城市的专卖店去买不可。

此次考察本来李主席只叫我一个人跟他去，临上车时他把新调来的纪检组长“张检”同志也叫上。李主席叮嘱我道，你们以后要像尊重我一样尊重“张检”。“张检”就是 CT 室的医师，定期接受他的扫描，就能及时排除我们身上的隐患，我们就能长命百岁。李主席又说，比如现在有“张检”坐在车上，我们就不用担心暗藏在路边草丛里的测速器了。“张检”淡然一笑，那我不就成“电子狗”了。罪过！罪过！李主席扭过头去，当着“张检”的面打了一下自己的嘴巴，不过，我们以后的新车是一定要装“电子狗”的。

我们是坐一辆“的士”到南海市车行进行考察的，这也是一种忆苦思甜的方式。在迎来美好幸福的新生活之前，重温一下过去的艰苦历程是有必要的。这辆“的士”正好是一辆“羚羊”，不过比我们的“羚羊”稍上一个档次，车门车窗是电控的，车窗不需要像摇柴油机一样摇着。“的哥”是李主席一个长得像那个王宝强的远房侄子，李主席甩给“王宝强”两条

"真龙"香烟,算是包车费了。"王宝强"脸上咧出两只小酒窝,对李主席道,八叔,以后您半夜用车我天黑就到。

进入车行,身着超短裙的车模一见如故地迎了上来,她们的目光齐刷刷地落在李主席的胸口上。我这才注意到李主席的上衣是一件"宝马"牌T恤,胸口上有一个"别摸我"的"宝马"商标。一位纤细得跌倒就会骨折的车模,心领神会地把李主席引领到一辆"宝马"跟前。李主席拍了拍他的胸口,"宝马"我已经有了,我想看的是"宝马"的师弟们。车模露出咬筷条练出来的笑靥,先生您真幽默,就把我们引导到另一排车子跟前去。

当天整个上午,我们着重考察以下几款车型:"丰田凯美瑞200G"豪华版,"大众PASSAT领驭1.8T"手动尊品型,"本田雅阁2.0LEXNavi"2010款,"别克君越2.0T"舒适版。在"大众PASSAT领驭"前,李主席停下了脚步,两手叉着腰问我们,还转不转其他车行?"张检"说不转了吧!我建议就要这款"大众PASSAT领驭1.8T"手动尊品型这一款。这款车性能不错,安全系数也很高,还没有被公司召回过的记载,排量也符合有关方面的规定。李主席拍了拍"张检"的肩膀,英雄所见略同,我也倾向这款车,连入户一起也就是二十五六万元,正好在我的预算之内,余下的钱就作为《苦楝树》的创办经费,我们要一期一期地把它办好,每逢周年我们再开它一次创刊座谈会,让它像雪球一样越滚越大。"一把手"就是"一把手",他们总是高屋建瓴,统览全局。想当初李主席提出要搞刊物,我们根本没有想到搞刊物跟换车有什么关系,我们甚至以为李主席好大喜功,第一把火还没冒出烟来,就想烧第二把火了。

我们压根没想到一份《苦楝树》不但为我们解决了换车的经费问题，还可以利用其自身的作用和功能源源不断地创造财富。

我们单位将要换的车，就在这一天特别酷热的下午敲定下来了。这款“大众 PASSAT 领驭”，正是陈副预测的“帕萨特”。回来我拍陈副的马屁，说还真让你预测对了。陈副也不谦虚，他说当了这么多年的副职，别的本事我没有，预测“一把手”挪屁股要放个什么屁这点本事我是有的。车模咔咔咔的高跟鞋声，引来一位身着西装高大英俊的“帅哥”销售经理。“帅哥”拉着李主席的手道，运气总是与贵人相伴，这款车正好有库存不用预订，您今天就可以把它开回去。李主席幽默道，我们买车可不是你们年轻人闪电般的网恋，我们是要明媒正娶的，是要办了手续才能进洞房的。你以为我不急呀！我现在就想进去了，可是我得咬紧牙关走完所有的程序，做完所有的预备动作。李主席叫我跟“帅哥”索要车行的账号，说回去就汇来购车预付款，办好一切手续后马上来取车，并给“帅哥”留下了他的手机号码。

我是最后一个走出车行的，就要推出玻璃门的一刹那，我又回头朝着那辆“大众 PASSAT 领驭”望去一眼。在不久的明天，这辆车就要尊严地停泊在我们单位的门前了。我不禁想起我们可怜的“羚羊”，它每天总是被门前一排排名车野狼似的虎视眈眈地包围在中间，随时都会被驱赶，被追逐，被撕咬，被吞噬。我们单位门前原来是一片空旷的场地，后来市政部门因地制宜把它开发利用成为一个停车场。在场地两侧用油漆画地为牢地画了一个个方框，提供给越来越多的小车停放。市政部门可怜我们，就在单位大门前免费为我们画了一个框框，作为我们“羚羊”的栖身之地。可是我们的“羚羊”一旦出去，那些“猎豹”、“陆虎”就像闻到了母兽尿液一样蜂拥而来，占领“羚羊”的地盘。我们去找停车场收费的阿姨投诉，阿姨摇头叹气道，我也没有办法，我不但劝不了他们，而且他们停在那里我也收不了费。诉求无门，那只能采取非常规措施。有一次小黄把“羚羊”开回来，一辆“悍马”刚好泊进我们的领地，拐出来的一只轮子，就像无聊的人伸出的一只脚。小黄跳下“羚羊”，一步跃到“悍马”跟前，拉开车门一把将“牧马人”扯下来。我们的“羚羊”个小，“放羊”的小黄也是小个。高大的“牧马人”一看是个顽童，“嗖”地挥来一拳。小黄偏头躲过，一记勾拳重重地击在“牧马人”的啤酒肚上，“牧马人”哎哟一声蹲到地上。小黄收势转身，“牧马人”从后面扑上来，小黄就势一蹲，像扛一捆柴火一样把“牧马人”扛到肩上，在原地转了两圈之后将他扔了出去。围观的人惊叹不已，文联的人也会打架呀！架是打赢了，“羚羊”的领地仍然时不时被占领。我们的小黄也不能总是打架的，解决问题最终还是要靠实力。我想，这辆“大众 PASSAT 领驭”一开进我们的领地，看谁还敢占领？如果再有人占领，要打架的就是我了。我练过泰拳，虽然快到退休年龄，但我还可以参加青年组的比赛。这当然是开玩笑，请别误会。再说，我是个文人，文人打架，那还算是文人吗？

我们以前是用钱困难，像前列腺炎排尿一样困难。现在我们有钱了，突然觉得用钱也是一件困难的事情。或者说我们以前是无尿可排，现在是有尿排不出，还是“前列腺炎”。这话听起来有些拗口，自相矛盾。我的意思是说，以前我们是没钱可用，现在我们是有钱用不了。如果你觉得我这样的表述你还不完全明白的话，那我就直接说了。我们从南海回来后不久，就把一万元购车预付款汇给了车行，如果不是“张检”提醒，我们汇的将不是一万元，而是十万元。我们在汇出一万元购车预付款之后，后面的购车款再也汇不出去了——我们换车遇到了麻烦。

以前我只知道人坐在车上，车载着人并按着人的思想抵达人要抵达的目的地，我没想到车和人居然有很多相似的地方。公务用的车，和作为人的公务员一样，都是有户口的，有籍贯的，有身份证号码的，有编制的，有规定退休(报废)年限的。车的户口，就是车落户的单位。车的籍贯，就是车的生产厂家(全进口的就是外国国籍)。车的身份证号码，就是车的发动机编号。车的编制，就是一个单位公车的额定指标。公务人员退休年龄男性六十周岁，女性五十五周岁，公务用车报废期限是十年。买一部公务用车，就像调动或者录用一个干部一样。公务用车有编制才能购买，公务人员有编制才能调动或者录用。机关单位没有公务用车编制就买不了新车，机关单位没有人员编制就调不了新人。然而，车毕竟是车，人毕竟是人，人总是比车灵活。公务人员没有到退休年龄，可以提前病退、内退。公务用车没有到报废期限，是不能报废的。

前面我说了，我们的“羚羊”还有两年时间才到报废期。这个问题我们不是没有意识到，而是我们太天真了，太讲究实事求是了。我们总认为我们的“羚羊”太破烂了，很多关键的零配件买不到了,车子已经存在严重的安全隐患,这样的车子总应该给予报废吧!当然,"羚羊"的档次、质量包括它目前的综合形象,也已跟不上时代的步伐。我们也不否定换车的动机,掺杂着我们某些不健康的心理因素。我们甚至可能还受到杨主席提前病退的影响,既然公务人员都可以提前病退,难道公务用车就不可以提前报废吗?

陈副自告奋勇把购车的报告送到财政局,负责办理购车手续的部门就设在该局。接待陈副的是一位三十多岁的女副科长,姓闭,叫闭银英。闭副科长看了我们的报告后,就打开电脑查阅文件资料。闭副科长说,叫你们李主席给我打电话,我有话要跟他讲。陈副觉得这样似乎不妥,办理购车手续是他自己请缨来操作的,怎么能推给李主席?再说怎么能让一个正处级的领导给一个副科长打电话呢?这也不符合中国的国情。陈副一改往昔的盛气凌人,低三下四地对闭副科长说,如果有什么不妥之处你就跟我提出来吧,这事是我具体办理的。闭副科长说,不行!你叫他马上给我打电话。陈副只好摸出手机,拨通李主席电话。李主席,闭科长有些话要亲口对你讲。闭副科长接过手机,一连串没带标点符号夹杂着浓重地方口音的话语喷发而出——乃高你现在很有钱了是不是你的"羚羊"不能坐了是不是你的"羚羊"和你不般配了是不是你的"羚羊"给你丢了面子是不是我告诉你乃高你们单位只有一辆公车编制你们一辆新车也不能买了就是买来了你也坐不了我告诉你乃高……说罢啪地挂了手机递给陈副。陈副接过手机,好一阵子才回过神来。他说闭科长,我们不是超编买车,我们是换车,我们的"羚羊"已经破烂到报废了。陈副指着窗外不远处的“羚羊”,你看看!就是那辆烂车。闭副科长说我不看!你们把“羚羊”开到报废公司去让他们鉴定,只要他们证明你们的“羚羊”可以报废了,我就给你们办手续。陈副回到车上,小黄一看他脸色就问,办不了是吧?陈副骂了一句脏话,这个女人要么是停了月事,要么是做了子宫颈切除手术。

小黄开着“羚羊”,把陈副、“张检”和我送到车辆报废公司。我们就像送一个病人到医院一样,把“羚羊”送到了这里。有趣的是,送我们来“医院”的居然是病人——我们的“羚羊”。仿佛要“体检”要“报废”的不是它自己,而是我和陈副还有“张检”我们三个。自报家门之后,公司那位秃头斜眼的负责人,一听我们的“羚羊”是公务用车,看都不看车一眼,就说把购车发票拿出来。一听这话,我就知道这家伙的头绝对难剃了,尽管他那石漠化了的头上没有一棵杂草。发票我已经放在包里,但我还是说,领导你叫人先检测车子嘛,你看看我们这辆车,的确烂得不行了,必须报废了。“斜眼”的手还伸在那里,拿发票来!那样子就像一位正统的老大夫,只看病历,不看病人。我把发票一一递过去,“斜眼”声东击西地瞄了一眼发票日期,就说一句,过两年后再送来吧!我有些想不通了,我天真的想法又冒出来了。那些提前病退的人,只是象征性地到医院弄一张疾病证明,就可以办退休手续了,根本就不用体检。当年杨主席办理病退手续,连疾病证明都不要。我跟“斜眼”求情,领导你能不能通融一下?人没到规定退休年龄,只要身体有病,都还可以办病退、内退,都还可以提前报废嘛。“斜眼”严肃道,人可以,车不行!

车比人还牛！我说了一句。

“斜眼”立即接过话去，车就是比人牛，我在南海有个兄弟刚会开车三天就上民族大道，车没油了停在那里堵了十几公里长的车流，兄弟下来一脚踢到车轮子上，这车不加油真的不走了。我们没有心绪玩笑，悻悻地把“羚羊”开出报废公司来。

把“羚羊”卖了！陈副断然道。

可以理解，陈副说这句话是愤怒到了极点，要不他怎能说出这句不够情义的话来呢？你明明还坐在“羚羊”上嘛！“羚羊”要是像马像驴那样有灵性，它肯定就不走了。

“张检”否定道，“羚羊”只能报废，不能卖！卖了编制也跟着它走了。没有了编制，我们还买什么车？

回单位的路上，我不禁又想起我们已经相中的“大众PASSAT领驭”。只要“羚羊”一天没到报废期，“大众PASSAT领驭”就一天不能入户，就不能泊在我们单位的大门前。我们现在的境况啊！真有点像影视剧里那些为情所累的角色，外面遇到了一个知音，无奈家中已经有了一个“小脚”原配。又有点像一个焦头烂额的男人，遇到了一个知疼着热通情达理的角色，家中身患绝症的爱人却还在苦苦地撑着。对不起！我这样的比喻或者念头是很不道德的，你也别以为我们单位的人都是这样的念头，都是这样的货色。我们单位除了原主席杨主席婚姻状况有变化以外，其他人到目前为止一直维持现状。

周五下午学习会改为班子碰头会，碰头的内容自然是目前换车遇到的困难。潘副依然是当年的态度,依然是当年那句话,我们还是再等一等吧!陈副当即就顶了回去,你的意思是再等几年等政策放宽了买一款全进口的。过后陈副说,潘副是典型的饱汉不知饿汉饥。潘副不温不火地回道,我还没讲完呢!我的意思是说反正也就两年"羚羊"就报废了,到时候我们换车谁还能够拦住我们?现在"羚羊"是不能跑长途了,但我可以把我的"别克君威"贡献出来,哪个要出远门都可以用它,我已经给小黄一把钥匙了。别担心它的排量,路上遇到检查我们谁也不怕,超标又能怎样?那是我的私家车。不过,油得加我们单位的。我个人意见,先把买车的钱用来改善一下我们的办公条件。我们一个单位不可能只有一台电脑,尤其是现在刊物办起来了,编辑人员没有电脑是不行的。现在作者都发电子邮件了。我们更应该换掉电风扇了,装上冷暖的空调。我这人冷倒不怕,却最怕热。陈副故意夸张地摇着纸扇,请问潘副,把办公条件都改善了,两年后我们用什么来买车?潘副不以为然道,你这样讲就是低估我们李主席的能耐了,你知道李主席在原单位是干什么的吗?是专门跑项目跑钱的。

李主席听罢说,潘副提出要着力改善我们的办公条件,这点我完全同意。既然潘副提出来了,我就顺便跟大家通报吧,本来我是想在资金到位了之后再跟同志们讲的。情况是这样,前段时间我跑了一趟南海,有关部门同意拨给我们八十万元办公楼维修经费。我原来的想法是建一栋新办公楼,但是现在上面有规定,不给建办公楼了,只允许维修。李主席一说完,会场顿时沉寂下来,"张检"突然站起来打了一个手势，会议室里随即爆出热烈的掌声。大伙纷纷挤过来，抢着要跟李主席握手。李主席却拒绝握手，说我还没讲完呢！现在有个问题，上头从来没有给我们系统拨付过资金，因此这笔钱要通过哪一条线下来，上头还在考虑，可能要先拨付到市财政局，再转到我们的户头。这笔资金一到位，我们就把办公楼武装得雄姿英发，别让人家以为我们是“残联”。其实，我们哪能比得上残联，残联那辆车呀，我见过了，比杨市长那辆还牛。话题自然就转到换车上了，李主席接着说，八十万用来装修办公楼是用不完的，我还想通过什么渠道，再搞到几辆车的编制，让班子成员人手一部车。不过这事以后再议，现在当务之急是想办法尽快把南海那辆车搞回来。我们不能再等了，别说等两年，就是一年也不能等。万一突然来个公车改革，我们还买什么车？我们要有危机感紧迫感。再说了，我们总不能老是坐你潘副的私家车嘛！你的车那么豪华，坐上瘾了怎么办？目前，我们在办理换车手续上遇到了一些困难，干什么事情没有困难？洞房花烛夜都还遇到一层困难。有困难就要想方设法去破解，俗话说，办法总比困难多。当初我们解决换车经费问题，就是从《苦楝树》上获得灵感，现在我认为我们还是要继续从《苦楝树》上去寻找灵感。

我和陈副首先登上民政局的门，接待我们的是龙副局长。龙副局长是我们单位的老朋友了，一听说我们办了刊物《苦楝树》，龙副局长显得非常兴奋，然后就感叹一番，我这辈子什么东西都可以忘，就是不能忘了《木棉花》，我当年就是从《木棉花》起步的，如果没有那份《木棉花》，我龙某人可能还在那个偏僻的村小学教书，现在顶多是个小学校长。龙副局长陷入沉思之中，仿佛在追忆一位故去的恩师。

我们把《苦楝树》登记注册的事端出来后，龙副局长爽快地答应下来，说这是好事，是文坛的喜事，现在我就给你们办了。龙副局长说，按照规定，登记注册是要注入一定经费的，但考虑到你们单位困难，我另外想办法帮助你们解决了。我们的眼泪啊！很不争气地就流下来了。文人就是这副模样，给一点儿阳光就会灿烂，来一点儿雨水就会泛滥。我悄悄递给陈副一包纸巾，陈副没接住，纸巾掉到地上，嘴里哽咽道，我什么都可以没有，一包擦眼泪的纸我是有的，却用手指抹去脸上的泪花。

办完《苦楝树》登记注册手续，龙副局长一定要请我们喝两杯，说你们肯定很久没上酒楼了。陈副低声道，开春到现在还没上过，肠胃很久都没有消毒了都长霉了，排出来的东西都是青色的。龙副局长就哈哈大笑起来，龙副局长的音量很大，笑声传遍了整栋大楼。

我们拜访的第二个单位，是编制办。编制办魏主任亲自接待我和陈副。魏主任同样是我们多年的朋友了。魏主任是搞书法的，擅长写榜书。用魏主任的话说是，我们做不了大官，我们就写大字吧，反正都是书写人生。魏主任听到我们要落实《苦楝树》编辑部的机构编制，当即表态，三天后正好有个编委会议，到时我把这个问题提交讨论后给你们答复，我争取吧！

接下来我们要走进的将是市质检部门的门。但是，要进这个门之前需要等到拿了编制办给的《苦楝树》编制证，我们才可以到质检部门去办理《苦楝树》代码证。拿到了《苦楝树》

代码证，就标志着《苦楝树》编辑部正式从我们单位分离出去，成为我们单位的一个下属部门。说到这里，你大概看出些端倪了吧。从我们单位这个家族来说，《苦楝树》编辑部一旦分家出去，它至少就可以拥有一部车了，我们可以以任何一个理由把“羚羊”过户给他们。当然，我们单位就能够腾出一个公务用车的编制来，这样我们就可以换车了，就可以把“大众 PASSAT 领驭”开回来了。

在等候魏主任答复的三天时间里，我们加紧寻找市质检部门的突破口。这个部门是个垂直管理部门，人权财权全在上头，看人的眼都是居高临下的。我们单位平常很少跟这个部门联系。李主席只知道他们的“一把手”姓崔，翻了电话号码本才知道叫崔德昌。一个翻了电话号码才知道的人，你能打什么交道？可是第三天上午，负责去“侦察”的协会很快就反馈“情报”过来，这位崔局长竟然是一个摄影迷。李主席猛地一拍大腿，这事搞掂了！谁说我们没有朋友，我们的朋友遍天下。

第四天下午快要下班时，魏主任打来电话，叫我们过去拿《苦楝树》编制证。魏主任显得比我们还要激动，不容易啊！很多编委成员都说现在正精简机构，怎么能又增加机构呢？我好说歹说反复解释，才得到大家的同意。拿过编制证，跟魏主任握了手出来，我和陈副电梯都不等了，直接走楼梯一口气从十六楼下到一楼，要在下班前赶到质检部门。路上的车堵得厉害，车子一动不动的，整条马路就像一条冰冻的河流。小黄将“羚羊”从车流里拐出来，拐进到小巷里去，左拐右拐就拐到了质检部门。小车，小车，我们的“羚羊”才是真正的小车，只有它才能拐进拐出这种鸡肠小巷。谢谢你！“羚羊”。“羚羊”啊“羚羊”，你可一定要理解我们啊！你可别对我们的念头和行为有看法有意见啊！因为按照政策和规定，我们目前只能实行“一夫一妻”制。如果再多一个指标，我们一定会保留你的“原配”地位和待遇。

进到崔局长的办公室，摄影家协会杨主席正坐在里面和崔局长翻一大堆照片。跟崔局长握过手，我们先一起欣赏艺术作品。陈副拿起一幅照片，反复地端详。照片上是一柱巨大的烟囱，在冒着浓浓的烟尘。烟囱上裹了一件马甲似的裹着一幅标语，标语自上而下写着：保护环境，从我做起。

经典！经典！陈副赞不绝口，只有一流的摄影师，才能抓拍到这样一流的镜头。崔局长谦虚道，这幅照片我也是无意中抓拍到的。欣赏完崔局长的摄影作品，我把编制证恭恭敬敬地递过去。崔局长象征性地翻了一下，就叫了一声小何你进来。小何闻声进来后，崔局长交代她道，你拿这个去马上给他们办代码证。我趁机问杨主席，崔局长入会了没有？杨主席说正在办。陈副对他说，抓紧！崔局长不光要入会，我看还应该在你们那里挂个头衔。崔局长连说不敢！不敢！陈副说，我看能够达到崔局长这样的艺术水准没有几个。杨主席连连搓着他的裤腿，那是！那是！这家伙一年四季总穿着一条起码有二十只口袋以上的裤子。

拿到代码证后，我们把崔局长也请到了“忘不了”餐馆。崔局长死活不肯来，我说，入了会你就是我们的人了，我们的一切活动你都得参加了。李主席和龙副局长、魏主任以及几个协会负责人早已等候在包厢里面。向来滴酒不沾的李主席，一杯一杯地给龙副局长、魏主任和崔局长敬酒。李主席谦逊道，各位都是作家艺术家，我是半路出家，什么家也沾不上边。鄙人不才，就朗诵一首诗给诸位助兴吧！当即吟诵道：万山不许一溪奔，拦得溪声日夜喧；到得前头山脚尽，堂堂溪水出前村。众人纷纷鼓掌，好诗！好诗！我心里想，这不是南宋诗人杨万里的诗吗？我理解李主席此时此刻的心情，理解他的良苦用心，这首诗的意境不正和我们目前的境况一模一样吗？

我们最终还是要面对闭副科长，我们所有的材料都准备齐全之后就要交到她那里审定核准，然后上报领导审批。她虽然只负责把关，但她这一关通不过，也就没有下一步程序了。我们没有马上就去找她，而是像前面对崔局长那番"侦察"一样，通过秘密渠道对她的情况进行了解。根据可靠的"情报"，此人现年三十八岁，已婚。丈夫在一家旅游公司做外语导游员，未发现有婚外情行为。育有一个女儿，在第一实验小学读五年级，无智障和肢体残疾。家庭和睦，父母健在。住房面积148平方米。有"宝来"私家车一辆，排量1.6。此人身体健康，没有任何病史尤其是精神病史。这样，陈副所谓的"要么是停了月事要么是做了子宫颈切除手术"的愤懑结论是站不住脚的。然而，此人性格非常古怪，在单位里除了对"一把手"叫职务外，对其余的人无论年龄大小均直呼其名，但又没有任何极端情绪和恐怖行为。对自己所负责的业务，绝不允许旁人干预和插手。后来我们把"侦察"的重点放在她的丈夫和女儿身上，看看有没有与我们单位业务沾一点儿边的“触点”。“侦察”结果让我们大失所望，仿佛她已经对我们单位的不轨行为做了滴水泼不进的防范。她的丈夫除了喜欢与外籍游客对话以外，再也没有其他爱好，连外国文学都不阅读。她的女儿既不练美术书法剪纸，也不练声乐舞蹈钢琴，练的是乒乓球。他妈的！这不是跟我们对着干吗？

既然没有什么办法可以从内部突破，我们只能按常规公事公办地找上门去了。鉴于上次陈副去办理时，闭副科长要直接和李主席通话，这次我们就建议李主席亲自上阵，我拎着李主席的包跟在后面。李主席同意我作为陪同人员随行登门，但从我的手中抢过他的包去。李主席说，让你这样比我年纪大的人给我拎包，我是要遭天打雷劈的。

闭副科长见到我们就问，拿报废公司的结论来了吗？

李主席回道，闭科长，经过上次您对我的批评教育，我的思想有了很大的触动，受到了很大的教育。只有像您这样的人，才勇于指出我的缺点和毛病，如果我的老婆能像您这样就好了，真的！闭科长，我感谢您！

闭副科长用一种古怪的眼神，瞄了李主席一眼，你讲的是真话？李主席说，我对天发誓！李主席接着说，所以我们经过研究讨论，目前我们暂时还不想让我们的“羚羊”报废，还想让它继续发挥余热，就是两年后过了“报废”期，如果政策允许我们还要继续使用它，直到它耗尽最后一滴油。

那你们还来找我干什么？

是这样的，李主席说，我们成立了文艺刊物《苦楝树》编辑部，这是一个很重要的文艺业务部门，是经过市里慎重考虑后同意成立的。相关部门已经给我们核发了机构编制证和代码证,民政部门也已登记注册。考虑到编辑部人员要下乡采访撰稿,要跑上级部门申请刊号,所以我们决定把"羚羊"过户到《苦楝树》编辑部。我们单位呢?再申请一个编制另外买一部新车,请闭科长给予大力支持。李主席从包里掏出证书和一大沓报告,递给了闭副科长。

闭副科长很耐心地翻看所有的证书以及我们的报告,然后椅子一转,身子就面对了我们。我突然发现,闭副科长的右耳屏上有一颗显眼的赘瘤。那颗赘瘤就像一只趴在树叶上的臭虫,一下子让我感到皮肤过敏。闭副科长说,乃高,你这个想法很好,很周全,无懈可击。我知道你为了买到一辆新车,是煞费心机了的。如果你认为《苦楝树》编辑部非要一辆车不可的话,那么我可以同意你们把"羚羊"过户给他们。但是,你们单位却不能再买车了,一辆也不能买了。

为什么?

我们两个单位不是各自独立了的单位吗?李主席很着急地又追问一句。

这不是你说了算,而是我说了算,闭副科长很耐心很权威地解释道,很简单,《苦楝树》编辑部虽然从你们单位分离出去了,但不能算是一个独立的单位,你们仍然还是一个统一的部门。你们干部职工的工资还是统一核算,还是同一个户头,是不是?你们的办公经费还是统一核拨,仍然同属一个户头,是不是?既然情况就是这样,那么你所认为的你们两个独立的单位,仍然还是一个统一的单位。既然你们还是一个统一的单位,那么你们仍然只有一辆车的编制。所以在你们的"羚羊"报废之前,你的新车是买不了的。当然,你强行要买，那就另当别论。乃高，我知道你用心良苦，但是，你们这是分灶不分家。说一句不好听的话，你们这是假离婚，你们实际上还睡在一张床上。你们就像那些办理假离婚手续的人，企图达到不可告人的某种目的，比如买房，比如转移财产，转移赃款、赃物……

别说了！我们不买车了。

李主席拎起包夺门而出。

出了楼来，李主席没有坐上“羚羊”，而是拎着包沿着来路走回去。我提醒他道，这阳光很毒，这段路到我们单位蛮远的，你还是坐到车上来吧。李主席头也不回道，我晓得，财政局距离我们单位有一段很长的路程。你们走吧！别管我。阳光它照它的大地，我走我的林荫道。

我们这个系统有一个规矩，叫作文联见文联，开口别谈钱。但偏偏就有一个人敢来跟我们李主席谈钱，此人姓谭，万岗县文联主席，写小说的。

谭主席是李主席上任后宴请的第一位基层文联同志，一开桌谭主席就端杯子过来给李主席敬酒，李主席，你随意我干杯。李主席笑道，这可是“国窖”，你可别太随意哟！谭主席啊了一声，那我可得悠着点喝了。李主席却一口干了，你尽管喝吧！谭主席端着酒杯还站在那里，李主席，如果你给我一万块钱，我回去再争取一点儿，就可以买三台电脑；如果你给我两万元，我再努力一点就可以买到一辆“五菱”面包车。

你要买车？

谭主席说，我们现在太需要一部车了，县行政中心新办公大楼使用后，所有单位全部搬过去了。别的单位职工上下班有公车接送，唯独我们单位职工坐“三马仔”上下班，还要自己掏钱。

你有车的编制吗？

有一辆编制。

我明天就给你买一辆。

谭主席两粒黄豆大小的眼睛一下子瞪得圆圆的，眼镜差点儿掉了下来，他急忙用手托住那副厚得像瓶底的眼镜。

我给你买一辆“大众 PASSAT 领驭”。

什么领域？

什么什么领域？就是一部跟你们县长一样的“帕萨特”。

谭主席像患了哮喘一样，喘着粗气，李主席，你别吓着我！我心脏放了三个支架。

李主席把谭主席拉到一旁，我不是跟你开玩笑的，我真是要给你买一辆“帕萨特”，用你的编制，落你们单位的户。不过，这辆车买来以后你还不能用，你得先用我的“羚羊”。两年后，你把“羚羊”还给我，我再给你这辆“帕萨特”。但是，“羚羊”只能在城区里跑，不能跑乡下。你答应了，我明天就给你车。

谭主席还在摸着自己的胸口，李主席我不是在做梦吧！李主席啐了一声，瞧你这副熊样，还能写什么惊险题材的小说！

等到我知道李主席的这个决定时，我们的“羚羊”已经让谭主席开回了万岗。

这天黄昏，我们的“大众 PASSAT 领驭”从南海开回来了。

现在回想起来,“大众 PASSAT 领驭”开回来后，真正在公开场合亮相只有两次。第一个正式坐上“大众 PASSAT 领驭”去亮相的是陈副。那天上午正好市里临时有个会议,本来极不愿意开会的陈副突然主动跟我说,我去吧！因为是临时通知的会议,与会人员都还没来。陈副就叫小黄把车开出去,兜一圈再开回来。小黄心里有些不爽,就把车开到街上去,兜了几圈才开回来。等到车子再开回到会议地点时,所有的人都已经进了会场。陈副大失所望地批评小黄道,叫你兜一圈,你兜三圈。小黄没好气地回他道,我以为你是想让人家看见你来开会,哪想到你是想让人家发现我们的新车。已经登上台阶的陈副停下脚步,这有什么错吗？我还不是为我们单位树立新形象。

第二个正式坐上“大众 PASSAT 领驭”去亮相的不是潘副,也不是“张检”,而是报账员小明。小明当天要到财政局报账,她跟着小黄下得楼来,发现泊在我们停车位里的不是“羚羊”,而是一辆锃亮的豪华轿车。阳光投射到车身上反射出来的光,让小明一阵眩晕。尽管事前她按照李主席的指示悄悄把车款打到南海，但是车子真的开回来了她还是有些犹疑,仿佛头夜过量的安眠药还没有让她完全睡醒过来。小明自己说她的睡眠质量一直不好,导致她的脸色一直不雅观,纵然涂上高档的化妆品也欲盖弥彰,就像我们的“羚羊”纵然喷上进口油漆,也无法重塑形象。小黄“哔”的一声摁了钥匙,车灯就一闪一闪起来。小明战战兢兢来到车前,竟然拉不开车门。小黄只好亲自给她开了后座的门,提醒她道,坐后排。

小明坐着“大众 PASSAT 领驭”到财政局报账的当天下

午,“张检”就被有关部门叫去了。快要下班时,“张检”才回到单位,他在李主席办公室里笨拙地吸了几口烟后,才说出一句,我们的车子遇到了麻烦。李主席问什么麻烦。“张检”掐灭烟蒂道,市公车购置办向市有关部门反映我们单位违规变相购买公车,有关部门将对我们单位立案调查。

李主席说,这车有编有证有牌照,是按正常的渠道办理入户手续的,还是闭副科长一手办的手续,怎么能说是违规呢?

“张检”说,这正是我们变相违规的手段。

过后我才知道,小明那天到财政局报账,闭副科长见了我们的“大众PASSAT领驭”就问她,这不是万岗县文联的车吗?你们怎么拿来坐了?不知情的小明就告诉她,这是我们单位刚买的新车。如果当时小明说一句我们借他们的车拿来用几天,我们的“羚羊”坏了,恐怕就没有后面的麻烦事了。当然,这个“如果”已经不存在任何意义了。

李主席说,那就把“大众PASSAT领驭”送回去给谭主席,把我们的“羚羊”换回来嘛!还能怎么样?

这还不行!

还要怎么样?

还要追究处理。

为什么?

“张检”说,市里刚下了文件,当前正是举国赈灾重建的关键时刻,任何单位和部门就是有编有钱也不能买车,所有的公车购置和在建的办公楼一律停止,停止的期限以市里的文件为准。对于顶风违纪的单位和部门,将视其情节给予严肃处理。我们就是把车给谭主席送回去,他们单位同样也要受到追究处理。

不能处理谭主席,李主席说,万岗文联是无辜的,要处理就处理我们单位吧,处理我吧!

我记得“大众PASSAT领驭”回来不久,“张检”曾经问我,这车子怎么挂县里的牌子?这一问就问出问题来了,李主席最终做出以万岗县文联编制买车的决定,并没有征求班子的意见。我当时只是含糊地告诉“张检”说,要县里的编制,当然只能挂县里的牌子了。

“张检”说,这个事情处理起来可能比较严重。

怎么个严重?

“张检”说,我们单位除了被通报批评以外,车子可能被有关部门封存起来,甚至被拍卖掉,拍卖所得的钱如数上缴财政。我浑身一颤,我们才买回来的“大众PASSAT领驭”,只不过几天工夫就没有了。真是应了那句话,不是自己的东西,永远都不属于自己。李主席却淡然道,该怎么处理就怎么处理吧!“张检”临出门时,还忸怩了半天,李主席问他还有什么事?“张检”鼓足勇气说,李主席,你马上得写个材料交上去,越快越主动。李主席说,我知道,我明早就送上去。

次日上班,李主席把几页轻飘飘的宣纸递给我,我接过一看,这哪是什么检讨书,分明是一幅书法作品。我估计除了圈内的人,再没有其他人看得懂其中的内容,因为这是一幅小体草书。我好心地劝李主席,还是打字吧,这样态度诚恳一点。李主席不以为然道,据我了解,公文中并没有要求检讨书一定要打字,或者一定要用钢笔或圆珠笔书写。既然没有明确的要求，我为什么不能用毛笔字来写呢？我再一次无话可说。不过，我替李主席送上去的检讨书，还是我偷偷打印出来的打字纸，我是要为我们的李主席负责的。

谭主席找到我们单位来，一见到李主席就声泪俱下。李主席我对不起你，我连累你了。我专门找到了闭副科长，我说这车真的是我们万岗文联的。闭副科长只顾问我，谁给你钱？谁去买的车？我只能照实说了。闭副科长说了一句，这就够了！李主席一脸歉疚地拍了拍谭主席的肩膀，兄弟，要说对不起的是我而不是你，我变成蹲着撒尿的人了，讲话不算数了。照目前的情况，你只能先把“羚羊”送回来，以后有机会了我们再想办法，好不好？毛主席说过，只要有了人，什么人间奇迹都可以创造出来。谭主席那张泪脸啊！让他抹得一塌糊涂。

谭主席亲自把“羚羊”开回到我们单位来，就像家公亲自把儿媳妇送回了娘家。我们的“羚羊”又重新停泊在单位的停车位，几天前，我们的“大众PASSAT领驭”曾经在那里停泊过。小明说她很后悔那天坐车到财政局去报账，如果她那天不坐车去，闭副科长就不会发现我们的新车。我问“张检”，“张检”告诉我，昨天调查组的同志把车子开出去后，就没有再开回来。我不知道我们的“大众PASSAT领驭”是被封存了，还是被拍卖了。如果只是封存那就好了，说明还有解冻的一天。现在外国很多人都希望死后用冰将自己封存起来，等到新的医术发明出来，他们将又复活过来。

我把检修“羚羊”的任务交给小黄。我只提醒他一句，该换的全部换了，我们单位现在有的是钱。

不久,小黄把“羚羊”从修理厂开回来。我一看吓了一跳,眼前的“羚羊”哪里是一辆汽车,简直是一座流动的山体,山体上长满了一棵棵树。小黄介绍说,这些树都是苦楝树。原来小黄找了一位画家,在车身上可以涂抹的地方都画上了一棵棵苦楝树。那画料可不是一般的画料,是一种特殊的涂料,一涂上去苦楝树就永久鲜活常青。我原以为小黄只会开车,没想到血液里还流动着艺术细胞。不过,过于保守的我还是认为这样一座流动的“山体”太张扬了。小黄却认为现在的“羚羊”,才真正地体现出我们刊物的魅力和影响力。我这才反应过来,小黄已经从我们单位分流到《苦楝树》编辑部了。

我提醒小黄道,我是叫你拿“羚羊”去“治疗”的,可不是叫你拿它去“整容”。小黄打开四个车门,你过来看看,座椅换上了真皮,车窗也贴上了防晒膜。我说你这是只做了个表皮的修复,关键的部位你检修了没有?小黄说能换的零件都换了,没有配件的部位实在换不了,还有发动机换不了,难道你想把一个八十岁的老人,修复成我这样的人!

长满苦楝树的“羚羊”一开上街去,立即吸引一双双眼睛,这是什么车啊?是哪个单位的车啊?知道是我们单位的车后很多人见我就问,你们这是从哪里进口的这辆时尚的车?我跟他们解释道,这不是车,是船,是一位旅居美国的老艺术家送给我们《苦楝树》编辑部的“画舫”。

那天我们的“羚羊”是怎么被借出去的,整个单位只有潘副和小黄知情。潘副同意把“羚羊”借出去的时候,并没有请示李主席。据小黄回忆说,那天,有一男一女两个老外来到我们单位门前,指着我们的“羚羊”嘀嘀咕咕了一番,一下子就来了一个旅游公司导游员,是个男的,说要借我们的“羚羊”去一个景点游玩。小黄当时就说,李主席交代了,我们的“羚羊”不能出城,只能在市区内跑。但是潘副认得那个导游员,他不好拒绝就同意把“羚羊”借出去,只提醒小黄路上慢些开就是了。

小黄把“羚羊”开出城区不久,导游员就叫他开上一条盘山公路。车子爬上山顶后,小黄就对导游员说,我们这车不能再开下去了,因为刹车不是很好。导游员说没事,你只管开下去。一开下去就连续下坡,下到半坡时刹车突然就没有了。情急之下小黄把车拐到靠山的一面,车子撞到一面岩石之后弹出路边,当即翻到深沟里去。小黄两条小腿骨折,导游员脊椎骨断裂。嘴里总是念着“My god”的两个老外,居然只受了皮外伤。

这起事故虽然不能算是一起很重大的交通事故,但事情还是闹大了,因为车上坐了两个老外。这两个老外不是一般的老外,是两个美国人。果然他们的领事馆,就派来了两个人高马大的家伙。

交警队的一位同志到我们单位来,他要我们回答三个问题。

第一个问题是,旅游公司到底是租用还是借用我们的“羚羊”?因为导游员说了他们是租用的,有口头协议,只是还没有付费。潘副二话没说当即就把手机掏出来,搜索出导游员连续发来三条关于要求借用我们“羚羊”的短信。潘副后来说,他从来是不保留短信的,通常短信一看完就删除,怕万一手机丢了,会弄出个什么“短信门”来。没想到他居然保留了这三条短信,正是这三条短信,彻底摧毁了导游员的居心叵测。租用和借用,那是两个性质不同的问题。

交警同志接着问我们,你们为什么把“羚羊”涂抹上那些花花绿绿的颜色?潘副说,我们是搞艺术的,我们的一切行为都是艺术的行为。交警同志教育我们道,搞艺术也要遵守法律法规。你们在车体上涂抹颜色,属于车辆改漆行为。改漆之前须向车管所申报,经车管所同意后才能改漆。改漆后十天内还要去车管所重新登记,拍下照片存档备案,更改车辆行驶证。我说我们哪里知道有这么多的规矩,我以为给车涂上颜色就像染个头发一样,染什么颜色都行。交警同志说,人可以,车不行,人不如车。车就是改漆也不能超过三种以上颜色,我们勘察了一下,你们至少涂抹了六种以上颜色。交警同志说,就是因为你们这辆车花花绿绿的颜色,才引起了那两个美国人的兴趣,才提出要借用你们这辆车。潘副小声道,原来是两个好色的家伙。

交警同志说,经现场勘察,你们的“羚羊”属于报废车辆。刹车片和横直拉杆都已严重磨损,为什么不换掉?我回答道,因为没有零配件了。交警同志说,那你们为什么不去申请报废?一直没有说话的“张检”,从皮包里扯出一大摞的材料出来,递给交警同志,我们早已申报了,可是有关部门不让我们报废,理由是“羚羊”报废的期限还没到。交警同志看了材料后同情地说道,岂有此理!干部职工身体有病了,都还可以提前病退嘛!我接过话道,有什么办法,人不如车嘛!

交警同志了解情况后正要离开,门口进来了两个年轻的外国人。他们的头上缠着绷带,那个男的长得像那个大兵瑞恩。一看就知道,这两位老外就是坐我们的"羚羊"翻下深沟的美国人。

我们站起来迎上前去,热情地与美国朋友握手。"瑞恩"操着英语对我们说,很抱歉!因为我们的行为导致你们的车辆损坏了。交警同志望着我们三个没有做声,意思是看你们怎么跟他们交流。我打着手势请美国朋友坐下,我用英语回道,我们也很抱歉,因为我们的车况不好,酿成了事故,导致你们受伤了,我们谨向你们表示慰问,祝你们早日康复!"瑞恩"说,我们愿意赔偿你们车辆的一切损失。潘副好像听懂一些,他说赔偿的问题你绝不能让步。我说我知道。我对"瑞恩"说,感谢你们的诚意,赔偿问题由有关部门去裁决。两位美国朋友临走时,看到我们办公室的墙上挂满了书法美术摄影作品,赞叹不已。那个女的对我说,你们这个地方很有艺术品位,就像你们的车子一样,可惜它已经报废了!

说心里话,我非常感谢这两位美国朋友,这两位国际友人。他们是如此的通情达理,如此的坦诚和厚道。当然,我们单位也没有什么大的过错,我们无非是让我们的"羚羊"长满了漫山遍野的苦楝树。

事情并没有如此就了结,公安局两位同志到医院找到小黄,他们推来一辆轮椅,扶起小黄坐上去,他们要带他到事故现场重新取证。因为有人怀疑小黄故意把车开下深沟去,以便造成我们单位"羚羊"彻底报废,我们单位就可以买新车了。当时我正在医院看望小黄,小黄见到我就哭出声来,说我的两截小腿报废了!我开口就问,第三条腿报废没有?小黄愣了一下破涕为笑，还好！人在医院里最需要的不是灵丹妙药，而是一份好心情。我说这就幸运嘛！人最关键的器官是第三条腿，第三条腿不仅支撑你一个人，还要支撑至少另外一个人以上。小黄说可惜我从此开不了车了，我说开不了车，你就骑马嘛！小黄一听公安局的同志道出原委，就放声哭号。那个哭呀！是丧考妣般的撕心裂肺，我敢这样做吗？我的父母还要靠我养老送终，我老婆才三十多岁，我女儿才上小学四年级。打死我都不敢这样做啊！哪个野仔竟然这样丧心病狂地诬陷我？诬陷我们单位？我拿着纸巾替小黄擦拭他脸上的泪水，我说去就去嘛，怕什么？身正不怕影子斜。结论出来后，我再替你把那个强迫你开车的导游员告上法庭，让他赔了你的两截小腿。

出了病房，我对两位警察同志说，我还要带两个人去现场，因为事故那天车上坐了两位游客，他们可以做证。警察同志同意了。我当即与旅游局的朋友联系，很快就找到那两位美国朋友的住宿宾馆。我把事情原委跟朋友道明后，我说请你们派一个翻译跟我们去。朋友说你不是懂英语吗？我说我是肇事车单位的人，我的话语是不能采信的。接上两位美国朋友和旅游局的翻译后，两辆警车就朝事故现场驶去。在车上我一再向两位美国朋友致谢，美国朋友反而为我诚挚的谢意感到不耐烦，“瑞恩”说，在美国任何一个公民都有做证的义务。

还没到事故现场，远远地我就发现公路边一处视野宽阔的地方，竖起一根高高的铁柱。铁柱上面是一块用铁架搭起的平台，平台上面是一辆面目全非的五颜六色的小车。啊！那不是我们的“羚羊”吗？“羚羊”啊“羚羊”，你怎么变成这个样子了？我的“羚羊”，我的“羚羊”啊！我在心里一遍又一遍地呼唤我们的“羚羊”。我眼前突然一阵昏暗下来,我的目光变成手电筒的亮光往下移动,照在“羚羊”下面一块醒目的白地黑字警示牌上,警示牌上面写着:这就是报废车的下场!

报废车!我们的“羚羊”不是还有两年才到报废期吗?这个报废是怎么鉴定的?鉴定的标准是以年限为依据,还是以交警部门现场勘测为标准?我实在是弄不明白。但不管怎么说,眼前的“羚羊”是真正的报废了,彻底的报废了!哦!我们的“羚羊”,你现在终于报废了,你现在终于光荣退休了,可以安度晚年了。我忽然觉得什么地方不大对头,原来是“下场”这两个字,像鱼刺鲠在了我喉头。报废就报废了还有什么下场?我们是吃文字饭的,这“下场”两个字的字义我们还不明白吗?这表明了什么呢?这表明“羚羊”哪里是报废了,分明是被判了刑,还被钉在了耻辱柱上。什么叫作前车之鉴?这是真正的前车之鉴啊!可是,我们的“羚羊”有什么过错吗?

警车在“羚羊”出事的地方停住,我把小黄从车上背下来,让他伏在我的背上讲述事情的经过。小黄叙述完后,两个美国朋友接着补充了很多小黄讲不到的细节,诸如导游员在车上跟他们索要七千元人民币租车费,诸如“羚羊”撞上岩石反弹回来时导游员一把抢过美国朋友的摄像机开门跳下车去。等等。我背着浑身颤抖的小黄,我说如果你尿急的话,就撒在我的身上,没有关系。我说,单凭两位美国朋友的证词,不仅足以让有关部门报废他的饭碗,还可以把他送上法庭。就是这个家伙报废了我们的“羚羊”,报废了你的两截小腿。

返程路上,我对两位美国朋友再次表示感谢,我说可能还有一些事情需要你们帮忙,就是在不久以后的法庭上我们还需要你们做证。两位美国朋友商量了一下，“瑞恩”对我说，他们的签证已经到期，不过他们同意回到市里就给我们录下口供。开车的胖警察问我，你在跟他们说什么？我说我告诉美国朋友，中国的警察是世界一流的警察。胖警察道，别太损人好不好？我也是懂得一两句的。

平常李主席跟我说话是比较随和的，但是这天他在办公室里的腔调，却是那种典型的官腔。他开口就问我这段时间都干了什么？我咦了一声，不是你叫我协助调查组处理车祸后事吗？李主席说这不用解释，我问你除了这件事以外，你还干了别的什么事？我说没干什么事，我白天协助调查，晚上研究书法境界，怕是车祸这件事你还要写检讨，我还要辨别出来替你打印，我担心你再写那样的书法作品，组织上可能会把你调到考古部门去。李主席气势汹汹地说，你以为我不知道，你还怂恿小黄告导游员的状。我说对，没错！我是跟他提了这件事，但是他告不告状那是他的事。李主席说，问题是他现在告了，不但告到纪委告到检察院还告到了法院，告导游员还不够，还告了报废公司的“谢总”。不过那个家伙也应该告，一看那模样就知道不是个正经人，你想想看，一只射歪了的车灯在夜间行驶会酿成怎样的后果？早就该“报废”了，那个导游员更应该告，我在现场一见到我们“羚羊”那个模样，真他妈的想找他揍上一顿，可惜他报废了，不仅脊椎骨报废了，第三条腿也彻底报废了，他的老婆也成活寡了。

啪的一声，李主席一掌击到桌上，人家都到了这步生不如死的境地，你还要把人家彻底报废是不是？

我倏地站了起来，告他的人又不是我，你对我拍桌子有什么意义？有能耐你回去叫小黄撤诉呀！这是我参加革命工作几十年以来，头一次顶撞我的上司。以前我可不是这样的，以前哪怕领导批评错了甚至冤枉了，我都不会吭一声，就当作我这条狗被主人随意踢了一脚。我当即就觉得我过分了，我说李主席，请原谅我的冲动，我愿意接受你的惩罚。不过你知道我是属狗的，打了疫苗的狗。这疫苗可不是一般的疫苗，那是组织多年的培养和你的教诲。另外，狂吠的狗是不会咬人的。

李主席坐了下来，眼睛盯到别处。他说，我承认你是个有骨气的文人。但是，作为文人，我们要有文人的胸怀，要有文人的情怀。以色列犹太作家大卫·格罗斯曼说过这样一句话，作家不是政治家，作家的责任是把手指放在伤口上。照我理解，这伤口啊！既是自己的伤口，也是别人的伤口。你专门找小黄谈一次话，告诉他除了保险公司赔偿那一部分外，我们单位还补偿他另外一笔经费，总之，让他满意为止，前提就是他把诉状撤了。你可以明白地告诉小黄，他就是打赢了官司，也未必得到多少赔偿。你跟他说，这笔账李主席替你算好了。李主席最后吩咐我，你马上到闭副科长那里补办一个手续，再到车管所把车过户。李主席说，一个下午可以办完这件事，闭副科长交代过。今天下午，我们的“大众 PASSAT 领驭”就可以开回来了。我终于听明白了，李主席前面所有的铺垫，都是为了后面的这一句。这就是工作的艺术，处事的艺术，领导的艺术。

我问李主席，让谁把车开回来呀？

李主席一愣，这才意识到小黄两截小腿已经“报废”，开不了车了。

我最终还是见到了闭副科长，那时我正好背着小黄从病房出来，远远就看见闭副科长拎着一只饭盒沿着甬道走过来。我背着小黄站在那里，我想跟她打一声招呼，但她没有走到我们跟前就进了一间我几天前曾经要进去的病房。当时我是代表单位要专门去探望导游员的，因为他是坐了我们的“羚羊”才受的伤。可是小黄告诉我事情经过以后，我当即为单位节约了大约五斤苹果一箱牛奶和一只一千块钱的封包。我承认，我是一个小气甚至是记仇的人。但是经过李主席的批评教育后，我的思想已经有了很大的转变，我在慢慢地转变成为一个构建和谐社会的人。社会在进步，我也在进步。我已经决定，择机再将五斤苹果一箱牛奶和那只一千块钱的封包送到那个病房里去，只是不是现在。

小黄是被“大众 PASSAT 领驭”接出医院的，我对他说，小黄，我们兜它五圈吧！小黄谦逊道，包老主席只兜了三圈，我哪敢超过他老人家。我说从某一个角度上讲，你的贡献比包老主席还要大，你是真正做到了为有牺牲多壮志，敢教日月换新天。我说这句话的时候，一个新的问题像蘑菇一样突然从我的脑子里冒出来：“大众 PASSAT 领驭”是开回来了，但是今后谁来驾驶它？我们单位已经没有编制可以调入司机了。我应该尽快给李主席一个建议，再给这辆“大众 PASSAT 领驭”买一身车罩，以免它停在大门那里白白地日晒雨淋的，那样它跟路边警示台上的“羚羊”又有什么差别呢？

（原载《小说月报·原创版》2011 年第 5 期，《北京文学·中篇小说月报》2011 年第 11 期转载，入围第二届郁达夫小说奖。）

# 报销

“同意报销”这四个字并不是所有的领导都能随心所欲地写，也不是所有的领导都写得潇洒自如，也有无法下笔，甚至焦头烂额的，比如文联主席章富有同志，就因为这四个字已有一个多月没在单位露面了。

很多朋友可能注意到这样一个现象，无论领导们(当然是一把手)写字写得怎么差劲，但是他们在发票上面写的“同意报销”这四个字，绝对写得龙飞凤舞，气势磅礴，你叫书法家们来写，还不一定写出那种韵味那种境界来。大多数领导也承认他们这辈子写得最好的字，不是“为人民服务”而是“同意报销”这四个字。这当然是千锤百炼的结果，用书法家的话说，那些发票就是平常练字所用的毛边纸。这一沓一沓地、一摞一摞地“练”，你说能写得不好吗？何况他们所“练”的就那么四个字：同意报销。然而，“同意报销”这四个字并不是所有的领导都能随心所欲地写，也不是所有的领导都写得潇洒自如，下笔如有神。也有面对一沓一沓的一摞一摞的“毛边纸”无法下笔或者下不了笔，甚至焦头烂额的，比如 H 市文联主席章富有同志，就因为无法写下这四个字已有一个多月没在单位露面了。章富有同志不是闭门“临帖”，他是躲债躲起来了。

尽管距离年底还有一个多月，但过年的气氛已经蠢蠢欲动，像提前躁动的青春期。各种购物卡开始陆续发放，各个商店在为团购忙得不亦乐乎。有些单位年终饭已经吃了好几餐了，团拜会也开了好几场了。人人嘴上泛着油光，一脸的权贵和富庶。有能力发放购物卡和组织团购的，自然是那些有实力的部门，手里掌控着财权、物权和人权。光有实力还不够，还要有智慧，他们是绝对不会在年底时凑热闹的。年底凑热闹那是突击花钱，那是顶风作案。各种年终总结会、检查评优会也在紧锣密鼓地筹办，H 市文联已经得到了做好上报年终总结和新年工作计划的通知。当然，他们也只是得到这样的通知，那些购物卡和那些团拜活动跟他们是沾不上边的，就连一张商家年终优惠活动抽奖活动之类的广告，也没夹在报纸里送来过。这个时候蠢蠢欲动的还有餐馆、宾馆和名烟名酒店的人，他们也不想等到年底才结账，他们希望欠款的单位在这个时候把所有的发票都报销了，免得到年终时欠款单位就以上面有规定不能突击花钱为借口，把债务又拖到下一年。他们聪明得像阿拉斯加的棕熊，知道什么季节能吃到鲑鱼。

购物卡之类没送到 H 市文联来，欠账的发票却陆续送上门来了。其实，章富有面对的“毛边纸”，也就是欠账发票，不是一沓一沓的，一摞一摞的，也才那么四张：一张是威运大酒店会议餐饮费、住宿费以及公务接待费，计五万四千六百元；一张是“俞平夫打印店”打印、复印文件材料费，计八千九百元；一张是“我是谁为了谁依靠谁”板报比赛制作费，计两千七百元；一张是“努力推动文艺事业大发展大繁荣”横幅标语制作费，计五百元。四张欠账发票，总额为六万六千七百元。这六万六千七百元，实际上也是 H 市文联本年度的公务开支费用。可以看出，其中没有一笔出国出境开支，没有一笔外出考察开支,没有一笔福利开支。翻开威运大酒店发票后面附上的菜单,还可以发现上面没有一瓶酒超过百元。作为一个拥有十一名干部职工和十个下属协会的正处级单位,这六万六千七百元的公务开支,应该不算高的。而且这四项开支也是必须的,符合规定的和问心无愧的。章富有无法在这四张发票上爽快地签上“同意报销”这四个字,肯定有他的原因。原因是目前H市文联的账面上只有四千三百元。而这四千三百元,一分也不能动了,要在“荒月”的时候动用。

提到“荒月”这个词,也许上了一定年纪的人还能记得,是指过去田里地里的粮食还没有收成或者正在等待收成的那几个月份。在那几个月份里,农家里往往青黄不接,上顿接不了下顿,上月接不到下月。过去“荒月”存在于农村,现在“荒月”出现在机关。三十年河东三十年河西啊!这“荒月”出现在哪些机关呢?出现在那些没有账外收入、没有非税收入、没有罚款收入统称就是没有“小金库”的“弱势群体”单位。H市各单位每年的办公经费市财政局通常在次年的四月才拨付到各单位的户头来,就像到了四月才进入雨季一样。这就是说,从年底到次年的四月份财政是没有经费安排的。这几个月就是他们的“荒月”了。H市文联目前账上这四千三百元,便是衔接这几个“荒月”必不可少的诸如水电费、电话费的开支,是“保命”的钱,是滴在病人体内维持生命的液体,你说章富有同志能动吗?

客观问题要摆足,主观问题也要讲透。章富有是画画的,画国画。他画母鸡下蛋,那个鸡蛋画得比母鸡的个头还大。一个把鸡蛋想象得比母鸡还大的人,他的思维本身就有问题了。可想而知，这种形象思维已经严重地摧毁了章富有的理性思维。这就导致他不会量体裁衣，不懂得看菜吃饭。明明 H 市文联一年只有四万块钱的办公经费，那你就老老实实地做四万块钱的事情嘛。你就不要作秀，就不要搞形象工程，就不要劳民伤财，就不要像画母鸡下蛋一样企图用最少的钱办最大的事。还有，章富有作为一个文人，情感脆弱，容易冲动，常常犯有感情用事的毛病。年初到扶贫联系点走访，章富有看到村里群众一锤一锹地修公路，鼻子就酸涩了大半天，回来后班子会没开就自作主张把四万办公经费中的两万拨给村里买爆破材料。你看看，你饭都没吃饱，还要支援亚非拉人民的革命斗争。话说回来，支援肯定是要支援，但要力所能及地支援。在村里送来的发票签上"同意报销"四个字时，章富有的眼睛眨都没眨一下，仿佛他签的不是两万而是两百，根本就没考虑到严重的后果，根本就没考虑到眼前这个被动的局面。

今年的天气有些异常，眼下的季节是一个模棱两可含糊不清的季节。天气说冷不冷，说热不热。走在大街上的人，有西装革履一丝不苟的，也有短衫短裤嘴唇发紫的；有风衣礼帽玉树临风的，也有短衣短裙花枝招展的。五花八门，多姿多彩，生动地体现这个季节的暧昧特征。章富有这一段时间一直没露面，不等于他躲在家里不出门，他却是经常出门的，只不过没到办公室来而已。说章富有躲债躲起来了也不确切，他确实有躲的嫌疑，但没有躲债的动机。他始终都在想办法如何还债，还那六万六千七百元。

穿着短袖T恤的章富有，拎着一只早已过时的黑皮包站在马路边上等车。身上咖啡色T恤衫跟那只黑旧皮包一样，也是淘汰了的式样，穿在章富有的身上怎么也体现不出一个正处级干部的气势来。再细细观察一下他那东张西望、形迹可疑的举止，很像是一个到市里来上访的村干部。其实，章富有长得还是有模有样有棱有角的。他既有画家浪漫的气质，也有官员冷漠的表情。他看上去只不过是气色差了一些，有些营养不良，有些落魄，有些憔悴还有些忧郁。

章富有挤上公交车后，站了六个站点就来到了市政府办公大楼。和市里所有的处级干部一样，章富有也配有“座驾”的。尽管上面明确规定只有省部级才配有专车，实际的问题是很多小小的科长也配有专车。章富有的“座驾”是一辆某单位淘汰了的老款“雪铁龙”，当年由市纪委书记亲自出面调配给H市文联的。这辆“雪铁龙”虽然上了年纪，“饭量”却一点儿也没减少，而且一天比一天吃得多。加它一百块钱的油料，在市区只能跑两天。这样的“饭量”H市文联自然伺候不起，不是他们不孝顺，而是家境不容乐观。所以“雪铁龙”只能锁在车库里颐养天年，作为一种象征或者景象存在。如果要评选模范使用公车先进单位，H市文联必定名列榜首。

到了市政府办公大楼，章富有直接上到六楼柯秘书长的办公室。柯秘书长是章富有的老领导，当年章富有在县里当文联主席时，柯秘书长是常务副县长，像母鸡关照小鸡一样关照过章富有。进了办公室，章富有一句客套话也没说，就从皮包里拿出经费请示递了过去。偿还那六万六千七百元债务的希望，就寄托在这份只有一页纸的请示文件上了。文件的分量不在于它有多厚，而在于签发同意这份文件的人的能耐。柯秘书长接过请示文件也没做声，拿起笔来在上面签道：请市财政局提出意见，呈陈干常务副市长审批。又关照地补上一句：H市文联经费确实十分困难，建议酌情给予解决。柯秘书长签完意见，又把请示文件还给章富有，章富有得顺着文件上框框内的意见逐个去找人落实。那一个个框框仿佛一间间屋子，章富有得一间屋子挨一间屋子地去敲门。两人握了手还是没说一句话，整个画面就像上个世纪三十年代的无声电影。彼此熟稔的人之间，就是这样的情形。实际上今天这个时代，就是一个“默声时代”。

出了市政府办公大楼，章富有又挤上公交车来到市财政局科教文卫科，敲开了雷科长这个“框框”的门。雷科长的这扇门，章富有是经常来敲的，轻车熟路了。雷科长对作为H市文联主席的章富有的处境很有同情感。这些年每到年终时，她总是在她的职权范围之内尽可能地帮章富有弄一些小额经费。有些是通过正常的程序，经过市长审批由市财政局拨付，有些是雷科长从她掌管的战线的余额经费中直接划拨过来。章富有始终认为雷科长是他生命中一个重要的女人，这个女人和自己没有血缘关系、没有暧昧关系却能分担自己的快乐和忧愁。都说一个成功的男人背后必定站着一位了不起的女人，章富有想如果自己能成为一个成功男人的话，那么这位站在自己背后的了不起的女人就是雷科长。

雷科长像往常一样热情让座，给章富有泡了一杯热茶，搁到他面前，开口就说章主席你又瘦了，最近在画什么呀？章富有答道：在画一个人物。雷科长问：什么人物？

杨白劳。

雷科长瞪了他一眼道，你怎么能讲这样的话呢？你以为讲话就像天气预报一样啊！讲话是要“三看”的，一看形势，二看场合，三看对象。你这样的话在我这里讲了就讲了，出了门去就别乱讲啊！章富有急忙表态，虚心接受雷科长的批评教育，往后我一定管好上面的大嘴，盯好中间的部位，站好下面的两腿。

雷科长嘟哝一句态度还是不诚恳，就接过章富有的请示文件。柯秘书长在经费请示上签下的“请市财政局提出意见”，这个意见首先要由雷科长提出，然后再呈报分管副局长批示。雷科长接过请示文件后没有立即签上她的意见，而是把新来的王局长的一些改革措施告诉给章富有。雷科长说：王局长上任后把原来由分管局长批示的权力统统回收到他那里，执行“一支笔”制度，也就是说该不该给钱由他一个人说了算。雷科长表示了她的担心，她说：章主席，现在情况跟去年不一样了，我估计我签的意见很可能到王局长那里就挨枪毙了，你要有思想准备啊！最好你能跟市里某一位领导打个电话，给王局长打个招呼。

章富有采纳雷科长的建议，当即给市委宣传部徐部长打了电话。徐部长在开会，接了电话就挂断，随即发过来一条短信：开会，有事请发短信。章富有就把经费请示的简要内容和雷科长的建议，综合成一条短信给徐部长发过去。徐部长很快回复：收悉！雷科长看了徐部长的短信后在请示文件上签道：同意在科教文卫体战线余额经费中划拨六万元予以解决，呈王局长阅示。雷科长签了意见后交代章富有，往下的程序就由她来操办，王局长批示后再过来拿文件，呈给柯秘书长报陈干常务副市长审批。章富有很感激，因为其中一个重要“框框”的门，雷科长帮他去敲。

章富有握着雷科长的手要告辞，雷科长挽留他道：你别急！我还有个事跟你讲。我有个建议，你给我们局打一份请示，我再帮你们转报省财政厅。荣厅长是我们H市的人，这些年给不少单位拨过经费。章富有说：可是我不认识荣厅长啊！雷科长说我给他打个电话吧，帮你跟他讲讲看。章富有说雷科长，太感谢您了，这辈子我不知道怎样才能报答您的恩情。雷科长说：你给我画这么好的一幅画，我还没报答你呢。雷科长所说的画是指对面墙上的一幅画，画上是一位梳着两根辫子的青年女子，是章富有依据雷科长当年的照片画的。画上的青年女子既像雷科长，也不完全像雷科长，而是浓缩了当年女知青的精神面貌和综合气质。

雷科长当即就打了荣厅长的电话，电话很快接通，雷科长在电话里一番感谢祝愿之后就直奔主题，荣厅长啊！我这里有一位画画的文联主席，他那个文艺家的“温馨之家”现在揭不开锅了，躲债躲到我的办公室来了。厅长大人您能不能给他划拨一笔，以解他燃眉之急呀？好好好！我在这里替小章给您磕头了。挂了电话，雷科长说：我突然想起来了，明天局里正好有人去省厅，你现在叫办公室的人送公章过来，在我这里依样画葫芦草拟一份请示，明天我委托他们直接转报省厅。章富有当即打了办公室电话，叫秘书小石送公章过来。雷科长从办公桌上找出一份某个单位得过经费的上报文件，让章富有照着草拟，除了单位基本情况和请求拨款数额以外，其他内容原文照抄，请求的款项是维修旧办公楼经费。章富有拟完请示，盖上公章，雷科长又根据章富有的请示内容拟好转报文件，整个流程一气呵成。看到章富有志在必得的模样，雷科长又提醒他，你也不要抱太大的希望，一是省厅从未给你们这条线拨付过经费；二是现在到年尾了，该下拨的资金省厅也都下拨了。

离开雷科长办公室时，章富有邀请她晚上一起吃个饭。但去哪里吃饭章富有心里也没底，反正威运大酒店是不能去了。雷科长和往昔一样婉言谢绝，她说你家都揭不开锅了，难道你要把砧板劈了熬汤招待我吗？章主席，没有这个必要，不要办任何事情都要吃饭。这饭吃多了就会庸俗，就会变异，就像人吃药吃多了，就会产生耐药性，一旦有了大病再吃药就不管用了。章富有心想，您说的怎么就跟我家那个穿白大褂的说得一模一样呢？

章富有一般是不参加会议的，他说如果我天天都这样开会，那我还画什么？我还能搞什么创作？所以平常一般的会议章富有就让"替身"去顶替。"替身"是单位的老黄，长得跟章富有很相像。章富有动员老黄把一头白发染黑了以后，就达到以假乱真的地步了。但今天这个会议不能让老黄顶替，这个会是推荐副厅级领导干部人选的会，昨晚章富有就接到了几个局长和书记的暗示电话，他必须亲自去投票。这些局长和书记平常跟章富有没有什么联系，彼此之间也没有什么深厚的无产阶级感情。然而这个时候这些局长和书记居然想到了出身卑微的自己，说明他们没有把自己遗忘了，说明他章富有这个文联主席是存在的。这让章富有兴奋了一夜,兴奋得让他暂时忘却了欠账的烦恼。他不得不把这些局长和书记们的名字重新确认一遍,以免推荐的时候把他们的名字写错了,哪怕写成同音字也是错的。

投票出来后章富有刚要搭乘社科联周主席的便车回宿舍,却被不远处的一个人叫住了。那人站在一辆豪华的轿车前,朝章富有挥了挥手。章富有走过去,那人盯着他的脸看了一下就把他请进车里。那人是在辨认他是不是真实的章富有,章富有脸上有一颗痣,不过不是长在下巴而是长在左脸颊上,而那个"替身"秘书长是没有这颗痣的。周主席把头伸出车窗来,章主席你比市长还牛×啊!章富有哭笑不得,你这个研究哲学的家伙说话也不了解一下形势,观察一下场合,分析一下对象。这种突然被人叫上车的情形,不是被双规,就是被劫持。老子现在是被歹人劫持了,我要是有什么意外你就是目击者。

章富有在车里挣扎着,挨着他坐的黑衣壮汉一把捏住他的手,章富有哎哟了一声:你是什么人?你们到底想干什么?壮汉说:章主席,你别紧张,我们的邢老板请你过去吃饭。章富有瞪着壮汉道:你们这是绑架我。壮汉说那你报警呀,顿了一下见章富有没有反应,就把手机递过来,没有话费就用我这个打。章富有不再做声,是债躲不过,是祸躲不了,债主邢俊卫老板把他章富有逮住了。

邢俊卫的"奔驰"驶出城外,章富有又警惕起来,他掏出手机打通小石的电话,小石吗?我散会了,不用来接我,我现在跟威运大酒店的邢老板在一起,如果打不通我的电话,你就报警。小石在那边急得连连追问发生了什么事，章富有说目前情况正常，请保持联系，就把电话挂了。

“奔驰”停在城郊的一座豪宅前，一条藏獒吼叫着扑向铁门。下车时，壮汉一手抓着章富有的胳膊，像警察带着犯人一样把他带进铁门去。章富有本想挣开壮汉的束缚，但见到那条凶恶的藏獒觉得这样反而安全。

邢老板，你这样也太过分了吧？

见到邢俊卫，章富有愤愤不平地说道。

矮矮胖胖的邢俊卫笑嘻嘻地迎上来，章主席远道而来，失敬！失敬！

章富有平常跟邢俊卫接触不多，偶尔到酒店用餐时也很少碰上邢俊卫。几年前主动要求和威运大酒店建立协作单位(就是定点接待酒店)的是邢俊卫，而不是章富有。当初邢俊卫提出建立协作单位时，章富有就明确表示H市文联一年没有几次会议，也没有多少重大的公务接待，没有必要签订这样的协议。章富有的意思很明白，你威运大酒店的房价那么高，餐费那么贵，我们H市文联是个清水衙门，在你那里根本消费不起。邢俊卫却有他的算盘，你H市文联机关是没有多少消费能力，但你们下属有十个文艺家协会，各协会的头头都是有头有脸的人物，每个协会最少的会员也有三四百个。关键的问题是，这年头穷人能玩得起艺术吗？只有富人才能玩得起艺术。后来邢俊卫提出一个妥协的条件，章富有就跟他签订了协议。这个条件是允许H市文联一个季度结一次账，如果经费实在太困难可以延长到年终时才把一年的账目报销。

章富有主动说道:邢老板,本单位拖欠贵酒店的餐费住宿费,我已经给市里打了报告,经费一批下来我马上给你报销。

邢俊卫打着手势说:坐下来谈,坐下来谈!

章富有刚坐下来,手机报警般嗷嗷地叫起来,小石问:章主席,情况如何?章富有说:一切正常,保持联系。

邢俊卫一坐下来就开始诉苦,章主席啊!你别看我一个开酒店的坐奔驰,其实我也很不容易。在我那酒店住宿的、餐饮的全是签单,全是赊账的,能够现金结账的只有红白喜事的宴席。可是结婚的人又不是天天有,一年就集中在国庆和春节那么几天。我真弄不明白,哪个祖宗编写的这套吉日良辰的教材,怎么把好日子都集中在那几天,而且适合结婚的就那几天。那首歌不是说好日子天天都在锅里吗?怎么一年才那么几天。死人倒是天天有,可这种丧宴谁家餐馆都不是很乐意接受,我当然也不例外。那些签单的、赊账的单位,过后我就得一个一个去催,有的单位要从年头催到年尾。可恶的是有的单位领导干脆躲着不见,你找上门去就让你吃闭门羹。章富有听出这是说到他了,但他默不作声。邢俊卫继续诉苦,签单的时候,他们倒是爽快得很,报销的时候脸色就不好看了,就像那些保险公司,投保的时候天天缠着你,理赔的时候你就得低三下四去求他们。更像那些嫖客一样,开始的时候豪情万丈,完事以后嫖资就不想付了。这年头也真是奇怪,欠债的人倒自在,催债的人反而觉得丢了面子。章富有没有搭腔,心想一旦把欠账报销了,明年就不再跟你建立什么协作单位。转念一想,觉得自己就是邢俊卫说的那种人。一个欠债人,倒恨起债主来了,是不是天底下欠债的人都是这种畸形的心态?

估计邢俊卫已经把苦诉完了,章富有就说:邢老板,我们先前签了协议,我保证在年底前把这个账给你报销了。

邢俊卫说很好,很好,不过,我对你的这笔债务还是信心不足。

章富有说:此话怎讲?

邢俊卫说:根据以往一些单位的经验,一般到了年底是很难再从市财政拿到钱的,因为年初的盘子已经定好了。一旦这笔钱你拿不到手,你从哪里拿经费来还我?

章富有说:这有什么?大不了我拿我的工资来为单位埋单嘛。

爽快!爽快!

邢俊卫狠狠地拍了两下大腿,不过章主席,空口无凭,我们还是需要履行个手续。说罢就把一张早已拟好了的欠款单递过来,章主席,你如果对上面的条款没有什么意见,就签上你的大名。

我的大名能比你的名大吗?现在这个社会还不是谁有钱谁就是老大。章富有拿起欠条本想就直接签了,但还是看了一遍,才在上面签了自己的名字。

小兰。

邢俊卫叫了一声,一位穿西装的小伙子应声而入。章富有介绍道:这是兰律师,中国政法大学博士研究生毕业,我的法律顾问,也是我的助理。章富有忽然想起小石跟他提过,有个姓兰的年轻人曾经送欠账发票到单位来。难道就是这位兰律师？假如是他的话，那么自己到时不把欠款还了，这位兰律师再送来的将不是发票，而是诉状了。兰律师伸过手来，章主席，我去过贵单位，没见到你，他们说你写生去了。章富有握住他的手，很抱歉！让你白跑了几趟。兰律师说：以后还要章主席多多关照。章富有说：我们中国有一句古语，叫作吵嘴不过夜，旧债不过年。你可以不相信我的话，但请你相信这句古语。

邢俊卫说：好了，我们吃饭吧。

邢俊卫把章富有带到后院的一个包厢，里面有三个人正在"斗牛"，见了章富有就都站了起来。邢俊卫把章富有介绍给他们，文联章主席，著名画家，他的画不是按平方尺来估价，而是按公分来计算。章富有连连摆手，本人姓章是真，其他的别听邢老板瞎编。邢俊卫接着介绍那三位客人，一位来自湖南姓梁的房地产商，业余写律诗。一位姓李的名烟名酒店老总，爱好画画，和章富有算是同个门类。介绍到龙泉酒业集团的秦总时，章富有摆了摆手道，不用你废话，我们认识。秦总是搞摄影的，和前面两位不同，这位秦总搞酒是业余的，搞摄影却是专业的。他对影像的狂热，远远超过了对酒精的渴求，目前是H市凤毛麟角的中国摄影家协会会员。他可以连续几个星期蹲在山上拍摄日出的镜头，而对酒厂的生产销售情况不闻不问。你无法想象一个本地赫赫有名的酒业老总，家里居然没有一个酒柜，而在他的豪华别墅里，所有的墙面上却挂满了各种摄影照片。一个人对艺术痴迷到这种程度，不是走火入魔了，就是真正入行了。

三杯"龙泉"落肚后，章富有跟梁总、李总和秦总聊起艺术。先聊诗歌,再聊画画,和秦总聊摄影聊的时间最长,也聊得最投机最开心。当秦总得知章富有是中国美术家协会理事而且入会时间比他还早时,他对章富有越发肃然起敬。邢俊卫坐在那里只能充当听众,偶尔插上一两句,就被秦总打断,你不懂的。邢俊卫不服气又说一句:我也是懂一点的。章富有就说:你真的不懂,你懂拉斐尔吗?你懂《西斯廷圣母》吗?邢俊卫就不再做声了。

手机再次响起来,章富有接了说道:不用担心,一切正常。

你还正常啊?

手机里传出雷科长的声音,章富有急忙说道:对不起,雷科长,我没注意到是您的电话。雷科长说看来你的心情还不错,你在喝酒是吧?你先放下杯子,我有话要跟你讲。章富有出到院子外面来,那条已拴上绳索的藏獒在那里扑腾着、跳跃着。章富有说雷科长我出来了,您讲吧。雷科长说我的意见王局长枪毙了,王局长签署的是:年初没有预算,不能追加拨款。章富有一时无语。雷科长在那边也沉默着。

良久,章富有问道:王局长这样签了,还有再报送陈常务的必要吗?

雷科长说:通常情况下是没有再报送的意义了,因为陈常务只会签批同意王局长的意见,王局长的意见就是财政局的意见。雷科长顿了一下说:不过,你也可以给你的老领导柯秘书长打个电话,征求一下他的意见,恐怕陈常务也有签批同意我的意见的可能。不过,要是陈常务这样签批了,我在财政局也就混不下去了。雷科长就把王局长批评她的事告诉给章富有，说王局长在请示文件上看了雷科长签署的意见后，严肃地批评她超越权限地使用了“同意”这个词。王局长说就是他也不能使用“同意”这个词，“同意”这个词只有市长才能使用，他们这一级所能使用的只有“建议”这个词。

章富有说：雷科长，柯秘书长的电话我不打了，为了您我宁可不要这笔钱。关于这位王局长的脾气，章富有也听说过一些。这位王局长是从省厅空降下来的，平常只听市长一人的话，有时候书记的话也不放在耳边。据说市委黎书记亲自签批了一笔经费，王局长照样把它卡下来，直到人大主任找他去谈话，他才勉强同意拨款。

雷科长说：章主席，请你原谅，我没帮你把事情办好。

章富有说：您怎么能这样讲呢？您帮我很多了，我总是给您添麻烦，感到很过意不去……章富有声音哽咽，说不下去了。

雷科长透露给章富有一个信息，徐部长那里每年都有一笔文化经费，钱在我这里，但得经过他那里审批。你是不是给他打一份请示，哪怕给你一两万也好。

章富有说：算了吧，徐部长的脾气我熟悉，他宁可让我摸一下他的鸟仔，也不会让我动他的钱。

雷科长生气道：你一个文人，怎么一点儿都不斯文？

章富有说：我现在是斯文扫地了。

“替身”老黄打来电话说摄影家协会送来一份请示要求尽快批复，章富有问办公室有人候着没有？老黄说有，是那个搞横幅标语的，是不是叫小石把请示文件给您送过去？章富有说:不用送,我过去吧！章富有一到办公室,果然见到一个浑身散发着油漆气味的小伙子坐在那里。章富有过去递给他一支烟,小伙子低着头没有接。章富有说如果你不会就不抽,如果你是抽烟的那你就接受,你接受了我就给你报销。小伙子就把烟接了过去,章富有打着打火机给他点上。章富有问他哪里人,小伙子说出了一个地名。章富有一掌拍在他的肩上,说了一句:我们是老乡哎！老乡见老乡,两眼泪汪汪。

发票呢?

小伙子从上衣口袋摸出一张皱巴巴的纸条，递给章富有。章富有朝站在一旁的小石伸出手去,小石递过一支笔来。章富有接过笔却搁下了,从裤袋里摸出钱包来,抽出五张大钞递给小伙子。小伙子走后,章富有把纸条拿起来看了看就揉成一小团,扔进了墙角的废纸篓。老黄说:我只听说领导都是把钱从外面往里面装的，还没发现从里面往外面掏的现象。章富有说:你们刚才不是发现了吗?事实胜于雄辩嘛。

章富有呆呆地坐在办公桌前，他觉得小伙子挺可怜的,他自己也挺可怜的。两个可怜的人,竟是同乡人。

门敲了两下,小伙子闪进来,拿了一条烟搁到章富有的面前。章富有倏地站起身来,你干什么呀,一把抓住他的手,从桌上拿了另外一条烟，连同小伙子的烟一起塞到他的手上,你这个笨卵,你以为我没有烟抽呀?章富有平常也有一点儿烟瘾,他是个正处级,抽烟却处于副处级“三个一点”的状态,即自己买一点,别人送一点,桌上捡一点。

章富有翻开市摄影家协会的请示,原来是换届选举的人选方案。此前他们已经报送过两次,章富有一直拖着不批复。

不批复的原因是已过任职年限的现任主席栾汉秋还想继续担任下一届主席,而很多会员则来信反对。栾汉秋死死抓住主席这个位子不放,是因为他开有一家彩印店,一旦他不当这个协会主席了,他的财路也就断了。该协会的几个副主席对栾汉秋的独断贪婪不满已久,早就想把他换下来。此前为了配备好该协会的领导班子,也是为了通过合法程序换下栾汉秋,章富有出面主持摄影家协会理事会议,进行民主推荐候选人。推荐票数刚统计出来,栾汉秋就把章富有告到市委黎书记那里,理由是市文联不能干预协会确定领导人选,应该由协会按照自己的章程自行选举产生。章富有从黎书记那里谈话回来就给栾汉秋打电话,你的事我不管了,你想怎么选就怎么选,但我敢肯定你不但选不上主席,连副主席也不会选上。这下栾汉秋才乱了阵脚,急忙找章富有赔礼道歉。

章富有把栾汉秋的方案看了,发现这家伙这回做了手脚,他让主席的职位空缺,注明待有合适的人选后再补选产生。方案只确定了几位副主席人选,他栾汉秋当副主席兼秘书长。章富有翻着那方案,看了一遍又一遍,上面任何一个候选人都不是合适的主席人选。章富有的两个指头在桌上漫不轻心地叩着,突然,一个理想的人选出现在他的眼前。章富有一掌拍到桌面上,拿起了座机的话筒。

栾汉秋抱着一沓摄影集子来到办公室,一坐下就翻开影集展示给章富有看。章富有示意他把影集搁在茶几上,他说:我们先谈工作,再谈业务。我要谈的也就是你们协会换届的事,我本来不想管你们的事,但文联章程规定我不能不管。你的方案我看了,第一,让主席职位空缺是不正常的,也是不允许的。栾汉秋头像鸡啄米一样点着,那是！那是！章富有说:你先听我讲完。他继续说:你怎么能确认目前摄影界没有合适的主席人选呢？你考察了没有？你发现了没有？第二,除了你以外其他副主席人选我都同意……栾汉秋一听脸就变了,坐在那里局促不安。章富有没有理会他的窘迫,继续说道:一是因为你的年龄已经过了任职期限;二是你的群众基础不怎么好。但是,我可以通过做工作让你担任副主席这个职务。当然,也要看你的表现。栾汉秋忽地站起来,感谢章主席,我一定不让你失望。章富有说:你不忙表态,我还有话要讲。我要给你们推荐一名主席人选, 你们协会没有主席是不行的,一个领导集体必须有一个核心。这个核心就是龙泉酒业集团的秦总秦文武先生,你听说过吧？栾汉秋回答:听说过,听说过。章富有说:别的条件先不谈,光是中国摄影家协会会员这一头衔,我认为秦总已经够格了。据我了解,方案里那几个人选好像还没有一个人“国会”的,包括你。栾汉秋说:我已经填表了。章富有说:我当年填表就填了三次。如果你没有什么意见,我就这样给你批复了,栾汉秋说:我没有意见,完全拥护。

送走栾汉秋,章富有也离开了办公室,这些日子办公室还是不能久待的。横幅标语的账是结了,那是小额一笔,余下三笔却是大额,自己是垫付不了的。那天跟邢俊卫喝酒,章富有曾想过个人掏钱还债,然而那是不可能的。那是赌气,那是愤怒的想法。明明是单位的债务,又不是他一个人的花费,他凭什么要个人为公家埋单？

秦总站在别墅前迎候章富有, 来前章富有给他打了电话。秦总握着章富有的手,久久不愿松开,他说:本来应该是我主动去找组织的,但是,今天组织却找上门来了,荣幸至极,荣幸至极!章富有说:秦主席啊!你可是我打着灯笼好不容易才找到的人呀!

秦总疑惑道:您叫我什么?

章富有说我们进屋里去谈吧,我们怎么能在瑟瑟寒风中谈革命工作呢?秦总连呼罪过,罪过,激动地把章富有请进了别墅。章富有对秦总的情况比较了解,虽然在摄影艺术方面有很高的造诣和成就,但他从来都是单打独斗,从来就没进入圈子。栾汉秋他们平常开展的创作活动从来不叫他参与,组织参加全国展览评奖或者外出交流也从来没有他的份。秦总曾获得过的两次"金像奖",是外省的一个影友帮他推荐作品。所谓的精品艺术,实际上就是圈子艺术。进不了圈子,你的成就再大也不可能被承认或者认可。

两人在客厅的屏风前坐下,章富有不懂木头,但看了这面屏风,就知道它值一套房子。

秦总问道:章主席,您喝咖啡还是喝茶?

章富有说:到你家来,我不喝茶也不喝咖啡就喝酒。

秦总说:好的,章主席您稍坐片刻,我就来。

章富有坐在那里打量客厅的四周,发现墙面都挂满了摄影图片,有山水的,有人物的,有田园的,有村落的。章富有正看得入神,一村姑打扮之女子顶着托盘,翩然而至。托盘里搁着一瓶细脖子的洋酒和两只精致的高脚杯。"村姑"打开瓶盖的时候,秦总也落座到了对面的沙发上。"村姑"倒上酒后,悄然退下。秦总端起酒杯说:只能喝这种酒了,我那酒只能就着菜来喝。章富有说:喝这个好嘛,我就喜欢这XO,有菜没菜都可以喝。外国人喝酒强调的是情调,我们中国人讲求的是快感。文化不同,品位也不一样啊!

章富有抿了一口叹道:好酒!他说:秦总,据说喝酒可以看出一个人的人际关系来。

秦总道:我是搞酒的,却从来没听说过,章主席您说说看。

章富有说:喝啤酒说明你是一个个性随和的人,与任何人都能谈得来且容易获得他人的好感,社交性强;喝白酒说明你是个非常善于社交的人,喜欢结交朋友且交友广阔;喝葡萄酒说明你是一个遇事冷静、踏实能干的人,不过做事格外小心,连交友都会查清对方的底细;喝香槟酒说明你是一个希望通过认识朋友来抬高自己社会地位的人,但由于你择友带有目的性,因此知己好友不会太多。

秦总问:那不喝酒的呢?

章富有答:不喝酒说明你个性保守、内向、不善于表达自己心中的所思所想,因此在交友方面你比较吃亏。

秦总再问:那什么酒都喝是什么人?

章富有答道:那是文联的人!

两人哈哈大笑。

眼看一瓶洋酒差不多喝完,章富有就把十个文艺家协会即将陆续换届的事告诉秦总,说出了自己让秦总出任摄影家协会主席的想法。章富有说:秦主席啊!你现在是受命于危难之际,责任重大,使命光荣。秦总推辞道:感谢章主席的信任,我怕是挑不起这副担子,您还是另找高人吧。

章富有以前摸过秦总的底,知道他是想当这个摄协主席的。秦总曾经在某个场合公开说过，如果让他当摄影家协会主席，他一定让H市摄影界的光影变得多姿多彩。章富有想：现在秦总推辞不干，一是他要谦让一下，以体现他的高姿态。二是自己把形势说得严峻了，让秦总树立不起信心。目前形势的确严峻，但那是H市文联机关的财政形势严峻，与摄影家协会无关。章富有说秦总，你就不要推辞了，我相信你有这个能力。你现在不能只顾个人的发展，你得把全市的摄影界都带动起来。秦总果然不再推辞了，他说章主席，恭敬不如从命，既然您信得过我，秦某一定把这副担子挑起来。

章富有说：这就对了，不过话说回来，市摄影家协会目前在业务经费方面确实存在很大困难。当然啦，困难不只是协会有困难，眼下市文联困难也是很大的。说到这里，章富有总算把自己最想要表达的意思都表达出来了，就看你秦总理解不理解本人的意思了。

秦总当即表态道：章主席，我明白您的意思，兄弟我一定尽我所能，为摄影协会为市文联贡献绵薄之力。章富有在心里说道：我需要的就是你这句话啦！

章富有是让徐部长的电话直接招呼到H大酒店的，当他匆匆进到包厢时，省文联的领导已经坐在里面了。徐部长一见到章富有就吼道：你是怎么搞的嘛！上级领导下来你都不知道？章富有小声回答：我的确不知道。省文联张副主席两片肥厚的嘴唇一张一合，慢条斯理，他说：昨天办公室已经给你们发传真了呀！章富有一听就什么都明白了。H市文联目前没有打印机、复印机，传真机也没有，平常就到单位附近的

“俞平夫打印店”那里去打印、复印文件资料。这个打印店是报社一个退休职工开的，也算是H市文联的一个“协作单位”。H市文联除了在那里打印、复印，平常上级文联和兄弟市文联有什么事项也通过这个打印店的传真机传到那里，接收一次传真收六块钱。H市文联用这个打印店传真机的传真号久了，上级文联和兄弟市文联就以为这是H市文联的传真号。打印店的俞老板来找章富有报销找了好几次了，每次都没拿到钱。这次好不容易逮住一个报复的机会，他不把你的传真文件没收了才怪呢。

章富有不好解释，也没胆量解释，更没脸面解释，只是一个劲儿地向张副主席赔礼道歉。张副主席说仅有语言是不够的，还得需要实际行动来证明。章富有就连连喝了几大杯酒，最后喝得张副主席开心了，喝得徐部长也降火了。

送张副主席一行上车走后，徐部长问章富有，你最近躲到哪里去了？开会也没见。章富有说我也经常去开会的。徐部长说：切，那是老黄，你以为我看不出？

徐部长问道：老实告诉我，最近在忙什么？

章富有说：忙着找钱还债。

徐部长说：找钱？找钱你刚才为什么不讲？张副主席就在这里。

章富有解释说：跟张副主席讲没有用的，我们这个系统有个规矩，叫作文联见文联，开口别谈钱。

徐部长说：你这是死脑筋，你要敢于开口嘛，你都不开口怎么谈？你不开口张副主席怎么开口？你口都不开怎么知道他没有钱？会哭的孩子才有奶喝，明白这个道理吗？

章富有回答:明白!

徐部长说:现在才明白还有个屌用?人都走了。

分手时徐部长对章富有说,你整天不要老是躲在家里,你也要到办公室去坐一坐,不要让人总是找不着你。章富有说我中午是从办公室来的,现在就回办公室去。徐部长走了几步又回过头说:我还要警告你啊!你不要什么会议都让你那个“替身”出面顶替。你以为你是明星啊?你以为你是领袖啊?哪天露馅了你这个主席就当不成了。

路过“俞平夫打印店”,俞老板正在用电磁炉烘烤他的那个假发,一头荒凉没有毛发的皮肉裸露着。章富有在门前的一只小凳子上坐下来,提醒他别伤风感冒了,然后问俞老板道:水利局谭局长死了你听说没有?俞老板问:怎么死了?章富有说喝酒喝死的,那几个灌他喝酒的人每人赔了十多万。俞老板说:真有这回事啊?章富有说你可以上网去看嘛,我今天也差点喝死了。如果我今天死了,你俞老板至少也得赔偿五万。俞老板说你喝死了,跟我有什么关系?章富有说跟你关系大了,你把省文联的传真文件扣押了,我就是为了这个才喝酒的。俞老板说你现在不是好好的吗?除了一身酒气,你还两袖清风呢!你今天就像一个伟大的无产阶级接待家,杰出的共产主义吃喝战士。章富有说:不跟你啰嗦了,你到底扣押了我单位几份传真文件?俞老板就把两份传真文件拿了出来。章富有一看,除了省文联的传真,还有一份B市美协要求到H市文联来考察学习的函,上个星期就发来了。第一份传真让章富有挨了批评,第二份传真被俞老板扣押却是帮了章富有的忙,章富有目前门都不敢出,还能搞什么接待?章富有还应该感谢俞老板一番呢。

正要往办公室去,小石打来电话说龙泉酒业集团送酒到单位来。送什么来?章富有追问一句。小石重复道:酒。章富有的心一下子沉入了冰凉的湖底,秦总啊秦总,兄弟我现在需要的不是酒,是钱;需要的不是实物,是现金。章富有对小石说你代表我感谢秦总,让他们把酒拿回去。小石说酒从车上卸下来了,送酒的人已开车回去。章富有回到单位,小石小心翼翼地把会议室的门打开,章富有看到里面堆满了至少两百件酒。小石在一旁说:我数过了,两百五十件,每件四瓶,也就是一千瓶酒。章富有侧身站在那里,盯着那两百多个纸箱沉默了十多分钟。良久,章富有问了一句:现在几点了?小石答道:差一刻四点。章富有说你马上通知在市里的四位副主席四点半到我办公室来开会。小石问:以什么名义?章富有说:推荐德艺双馨艺术家人选。章富有清楚,但凡推荐德艺双馨艺术家这样的会议,副主席们一般都不缺席。

严格来说,目前H市文联的班子实际上就是章富有一个人。本来还有四位驻会专职副主席,后来因为工作需要和其他方面的原因先后调到别的部门去了。但是,副主席还是兼着的。今天单位得到了一千瓶酒,按每瓶出厂价一百六十八元计算,就是十六万八千元。对于一年只有四万元机动经费的H市文联来说,十六万八千元就是个大事情。章富有认为班子有必要碰面一下,拿出个处理的办法。实际上怎么处理这一千瓶酒,章富有刚才在沉默的十多分钟里已经有个初步的方案。不过,方案有是有了,但实施方案的程序得集体通过,得依靠集体的智慧和力量。

四位兼职副主席先后来到章富有办公室，章富有开门见山地说：H市文联今年遇到了前所未有的困难，拖欠各种外债六万六千七百元，这些天债主天天上门催债，文联的门就要关了。今天请各位来就是救场，就是救灾，就是救难，救救H市文联，帮助H市文联渡过这个难关，我章某人今天在这里给各位磕头了。章富有站了起来，还没弯腰就让一位姓蒙的副主席把他的身子扶正了。他说：老章啊！我代表其他三位副主席先给你老人家磕头了，说罢就向章富有深深地鞠了一躬。蒙副主席说：老章，我们四位同志的情况你是清楚的，我们在各自单位都是副职，和文联的兼职副主席一样，在财务问题上，我们是没有发言权的。今天在这里，除了钱以外，什么问题都好商量。蒙副主席一说完，其他三位副主席连忙附和，三个人站成一排集体向章富有也鞠了一躬。看到这样的情形，章富有也就没什么招数了，他说各位手上是没有什么钱，但我相信你们有办法，你们今天就给我出点子出办法吧，于是把龙泉酒业集团送酒来的事端了出来。

蒙副主席说：这个秦总啊！干脆给钱不就行了，干吗给酒，这批酒你让老章怎么卖？

秦总手头要是有现钱的话，他肯定会给现钱的。现在的老板都是这样，没有多少个手头有现钱的，就是那些房地产商也没有现钱，你问他要房子还有可能，但也不一定要得到房子，那房子还是银行的房子呢。邱副主席说。

这酒是不能卖给单位的，因为市文联没有发票，就是出得了发票单位也不好处理账目，除非你开的发票可以把酒写作办公用品。依我看，这些酒只能卖给私人。苏副主席说。

杨副主席总结归纳道：我看就这样定了，我们四位同志负责联系一些个体户，帮助老章把这一千瓶酒卖了。但是老章啊！这酒可不能按出厂价处理，可能要降低一些价格。

章富有表态说：这些酒只要能够抵销那些外债就行了，我根本就不想还有什么盈利。还有，这事要不要再征求一下其他人的意见？蒙副主席说不要再征求了，我们这"五人小组"定下来就行了。散会时章富有一定要送他们每人一件酒，四位副主席拒绝了，蒙副主席说老章啊！你现在这些酒瓶里装的可不是酒水，而是泡沫，你先灭了火再说吧，你的心意我们领了。

这天章富有在他的办公室里签报了两份发票，一份是制作板报的发票，一份是在俞老板那里的打印复印发票。章富有在两份发票上，龙飞凤舞地写下了"同意报销"四个字，然后签下他的大名。字体是他平常画上落款的那种字体，只是发票的面积有些窄小，运笔走势受到一定的限制，章法无法展开，但其功力还是充分体现了出来。

能够报销这两张发票得益于秦总，得益于蒙副主席。蒙副主席介绍的一位个体老板拿走了三百瓶"龙泉"，每瓶一百一十元，章富有一下子有了三万三千元。章富有把钱给了俞老板后问他，你那台连打印传真为一体的机器多少钱？俞老板回答说：当时买的是七千元。章富有又问：那台复印机呢？俞老板说：一万多点。章富有说：今天下午我把这两样东西都买了。俞老板问：你的意思是今后不跟我合作了？章富有说：那当然！我们一个单位不可能总是受制于你，落后是要挨打的，小平同志说过了。俞老板虽然拿了钱，却是一脸的失落，从现在起他一年就少了 H 市文联近万元的打印复印费。

章富有给秦总打电话，约他中午一起吃饭，地点定在"步步高"酒店，秦总爽快地答应了。章富有又给栾汉秋打了电话，叫他通知那几位副主席候选人一起到"步步高"来，算是开一个换届选举前的预备会。"步步高"的蔡总亲自把章富有引进包厢，章富有说：蔡总，今天我吃饭不签单，现金结账，以后你们酒店就是 H 市文联的协作单位了。蔡总当即立正敬了一个标准的军礼，感谢章主席！理着平头的蔡总原先是个军人，他不但自己身材挺拔，他的所有服务员也都个个身材挺拔。秦总先来到包厢，章富有握着他的手道：感谢你雪中送炭，让我度过这个别人套着马甲我穿着棉衣的冬天。秦总道：你这不是说我吗？章富有一看这才发现肥硕的秦总果然在衬衫外面套了一件马甲，那件马甲起码有十个口袋以上。摄影的人都喜欢穿这样的马甲，似乎是表明一种身份。章富有说：失言了，请秦总原谅，我是真诚地感谢你，而且感谢的话我现在就说了，等下其他人来到我就不便再说了。秦总说：一家人不讲两家话，以后章主席有需要兄弟做的尽管吩咐，接待的用车包在我身上。

栾汉秋带了四个人进到包厢来，章富有一看，竟然都套着马甲，而且颜色一模一样，都是清一色的深灰色。章富有说：你们搞摄影的穿马甲，我这个画画的应该穿什么好？栾汉秋说：依我之见，章主席你应该穿马褂或者中山装，这才体现出画家的气派来。章富有就瞄了自己的上身一眼，他今天穿了一套早就淘汰了的双排扣西装，还是因为要签那两张发票才特意隆重上身的。章富有已经记不清楚这套双排扣西装是哪年买的了,现在这座小城里还穿这种西装的人,恐怕只有章富有一个人了。大伙入座后,章富有把秦总介绍给大家,除了栾汉秋以外,其他人竟然都认识秦总。一阵寒暄之后,章富有从皮包里拿出一份文件来,这是市文联对你们摄协换届选举人选方案的正式批复,你们传着看吧。栾汉秋只瞄了一眼,就传给那四个人。那四个人看了文件就站起来,抢着跟秦总握手,秦主席,欢迎你!秦总说:今后还要仰仗各位鼎力支持。四人一致表态,秦主席你放心吧,我们全力配合你,你指到哪里我们就打到哪里。酒菜上来,章富有说:我们边吃边聊吧,今天的聚会实际上就是筹备会, 会后你们就在秦总的召集下,尽快落实好各项工作,协会会员代表大会你们争取第一个开,把会议开好,开成团结的大会,鼓劲的大会,继往开来的大会。接下来章富有就被冷落在一旁,因为他们谈起了他不在行的摄影,谈了什么贫困系列的《小店》,还有全球最具争议的摄影照片。

酒喝到下午上班时间才散伙,秦总把章富有送到单位办公室。章富有在沙发上刚要打个盹,门就被敲开了。小石指着一男一女两位穿制服的人说:这是工商局的同志,他们要跟你谈些事情。章富有站起来握手,招呼客人坐下。两位工商局的同志作了自我介绍,男的姓朴,女的姓张。朴同志首先开口,他说:章主席,根据群众举报,你们文联在贩卖白酒,我们过来调查,请你配合。章富有一听就有些慌了,但很快恢复常态,他坦然道:的确有这么一回事,不过我们不是贩卖,是处理。这批酒是酒厂赞助我们的,我们只不过是把它们换成了现金。张同志说酒厂赞助你们酒水,我们工商局无权过问,如果要过问应该是纪检部门。但是,酒厂赞助你们的这些酒,你们只能喝,不能出售,按你说的就是不能处理。章富有跷起了二郎腿,我自己的酒我为什么不能处理?朴同志说你当然不能处理,你有工商局营业执照吗?你有商务局酒类专卖许可证吗?你有税务局税务登记证吗?章富有摇了摇头,没有!张同志说:就是嘛!除了这些赞助的酒,还有你自己的画也不是你想卖就能随便卖的。你可以想画就画,却不能想卖就卖,就是要拍卖也得由相关部门来拍卖,我们工商局的同志还要到场做公证。章富有把腿放了下来,我们也只是卖了几十瓶而已。张同志说:章主席,我们可是有人证物证,还有录像的,请你跟我们说实话,因为这关系到你的态度问题,关系到对你们处罚的把握问题。处罚?章富有紧张起来,意识到了问题的严重性。朴同志问:酒厂一共赞助你们多少酒?章富有答道:也就是几十件。

到底多少件?二百五十件。卖了多少?三百瓶。卖了多少钱?三万三千元。剩下的酒现在哪里?一楼会议室。

张同志说:章主席,我看就这样吧,你们文联也不容易,除了财政拨款没有其他什么非税收入,我们就不对你们处以罚款了,你明天把那已经卖了酒的款项转到我们工商局的户头来。剩下的酒我们也不封存了,但是,你们一瓶也不能卖了。老朴,你看是不是这样处理?朴同志说:对!就这样处理,章主席,这可是最轻的处理了。章富有说:我求求你们!求求你们可怜可怜我吧!可怜可怜我们文联吧!卖酒的钱我们都用来偿还单位的债务了,我给你们下跪行不行?朴同志说:章主席，你给我们下跪也没有用的，不但解决不了问题，还有损你的光辉形象。章富有倏地站了起来，我现在什么形象也没有了，什么形象也不要了，你们要怎么处理就怎么处理吧！要钱我没有，要酒你们拉去好了。朴同志说：既然这样，我们只能把你卖剩下的酒封存起来等候处理。两人当即要章富有带他们下到一楼，也就是来到现场。小石将会议室的门打开，章富有把两人带了进去。他们当着章富有的面，把剩余的七百瓶酒清点了一遍。锁上大门后，两人从包里掏出封条，要往门上贴去。章富有递给朴同志一把钥匙，不用贴了吧，给你们钥匙还不放心吗？张同志说我们不拿钥匙，只贴这个，就把一个大大的“×”字贴了上去。朴同志拿着照相机弓着腰身，咔嚓、咔嚓地一连拍了几张照片。章富有回到办公室，撩开窗帘一道缝往下面看，楼下门前一下子围来一帮人，他想自己恐怕得等到天黑才能下楼了。

晚上，饿昏了的章富有从楼上深一脚浅一脚地下来。昏暗里发现大门前面还站着一个人，一看竟是俞老板。俞老板见了章富有就说，老章啊老章，你不好好画画，搞什么投机倒把，害得我们这条街的人都跟着你丢了脸面，以为我们都是一样货色的奸商。章富有没好气道：关你个卵事嘛。俞老板说：跟老人家讲这种话是要掉头发的。章富有说：怪不得你卵毛没长齐就戴了假发。

市摄影家协会会员代表大会报到的那天，被市委组织部通知推迟召开，原因是主席候选人秦文武涉嫌“买官”。除了秦总被接受调查外，章富有也被立案调查，因为他涉嫌“卖官”。会员代表返程的当天下午，市纪委监察室过来了两辆车，一辆轿车，一辆小货车。轿车把章富有带过去问话，小货车则是要把H市文联一楼会议室剩余的七百瓶“龙泉”拉走。打开会议室的门之前，章富有指着封条提醒监察室的人，要不要征求一下工商局的同志。监察室的人说不用，就把门上那封条撕去了。看那情景，章富有就觉得仿佛粘在自己脸上的两片创可贴终于被剥去了一样。

问话人是小覃，小覃原先是个文艺青年，画漫画的，现在开设讲坛，业余时间给人们讲“死亡课程”。该课程让人们设想，如果你明天就要死了，你将如何看待自己的一生。目的是让他人通过体验死亡，教育人们珍惜生命，珍惜所有。据说，市发改局的朱局长就是听了小覃的“死亡课程”之后第二天主动去投案自首的，并把前市委书记李晟亮的案子也牵了出来。小覃说：章老师，今天我们只能公事公办了。章富有说：你不要有顾忌，我过去是你的老师，而你现在是我的老师。你问吧，学生我如实回答。以下便是两人的问答，小覃简称“小”，章富有简称“章”。

小：龙泉酒业集团秦文武送你们一千瓶“龙泉”酒是否是事实？

章：是事实。

小：你为什么要接受秦文武送你们的这批酒？

章：是秦文武先生主动送给我们单位的。

小：你的意思是说这批酒不是你们主动提出要秦文武送给你们单位的。

章：是的。

小：秦文武送给你们这批酒的时候提出什么要求没有？

比如提出要担任市摄影家协会主席一职。

章:没有。提出要秦文武担任市摄影家协会主席的是我,是我登门去动员他出任这一职务的。开始的时候秦文武不愿意担任,是我做了思想动员工作后他才同意担任。

小:你为什么要提出让秦文武担任市摄影家协会主席一职?

章:因为秦文武具备担任这一职务的所有条件,是最佳的人选。

小:你是不是希望秦文武担任市摄影家协会主席一职以后能够给你们文联一些支持?比如经费方面的支持。

章:是的。我不仅希望秦文武先生,还希望有更多像秦文武先生这样的企业家都能支持我们文联,因为文艺事业的发展光靠财政拨款是远远不够的。

小:你知道你们收受秦文武这批酒的性质吗?

章:知道。这一千瓶“龙泉”如果放到你这里来,那是集体收受贿赂,但是放到我们市文联来,那是合理合法的,因为《H市文联章程》规定,市文联可以接受社会各界的捐赠,包括现金和物资。如果我没理解错的话,酒也是属于物资的范畴。

小:章程有这样的规定吗?

章:有!章程第二十二条。

章富有说我给你带章程来了,就把几页复印纸递了过去,那是从单位新买的复印机上复印出来的,字迹清晰,还飘着几缕墨香。

章富有在询问笔录上签了名字按了指印后,小覃对他说:章主席,您没有什么过错,您错就错在错误的时间错误地接受了秦文武的这批酒。如果您在市摄影家协会完成换届选举之后才接受这批酒,任何人都不能对您有所指责。章富有在心里说,我能等吗?还有二十多天就过年了,我可是给邢俊卫的兰律师许下了诺言的。章富有说:我认为我们市文联接受秦文武先生这批酒没有过错,秦文武先生他个人也没有过错,这跟所谓的“买官卖官”行为是根本沾不上边的。有人诬告我们,其目的是为了达到长期霸占市摄影家协会主席一职,继续为个人谋取私利,而不是真正地为了发展繁荣文艺事业,我建议你们明察。

告别时,章富有对小覃说:你的“死亡课程”讲得很好,我去听过。不过你的漫画功底也很扎实,希望你不要荒废了。一个监察室的主任随时都可以产生,但是一个著名的漫画家可能几十年甚至一百年才出现。

小覃说:谢谢章老师。章富有说:还有一件事要咨询你一下。小覃说:您讲。章富有说:那七百瓶酒怎么处理?小覃说:现在已经调查清楚了,你们接受这批酒没有任何问题,我们肯定要物归原主,给你们送回去的。章富有沉思片刻,他说:问题是工商局已经封存过了,怎么处理好?小覃问他:您是不是卖了一部分让他们知道了?章富有如实说了。小覃提示他道:您不是不可以这样处理这批酒的,但是您可以让一个可以处理的人替您处理。章富有握着小覃的手说:原来我以为纪委都是处理干部的,没想到纪委也是保护干部的。

下得楼来,章富有远远就看见了秦总的“宝马”。进到车里,章富有对秦总说:对不起!让你受委屈了。秦总道:这句话应该我说才对。章富有说:害怕了吧?秦总说:害怕倒是没有,放弃的念头倒是有过，但一路收到会员代表们的支持短信后，我就下决心非当这个协会主席不可了。章富有说：这就进一步证明我章某人选人选对了，证明我们的这笔“买卖”也是做对了。他不禁想起了一条网络语录：需要我的人，才是我需要的人。

一串长长的鞭炮炸响之后，李总的“李记名烟名酒店”的牌子在H市文联一楼悬挂起来，章富有把会议室租出去了。章富有跟李总签了三年合同，每年租金四万元。章富有主动提出把租金降到三万元，条件是李总必须把三年租金一次性付了。李总爽快地答应了，在挂牌的第二天上午就把九万租金打到了H市文联的户头上。促成这笔交易或者买卖的是秦总，当章富有找到秦总请求他推荐一个可以处理这批酒的人的时候，秦总给他推荐了李总。李总正好要拓展业务，也看中了H市文联的位置。挂牌之后，李总对章富有说：章主席您确实不能卖酒，我是可以卖酒的，但是我把秦总的酒卖了再给您钱，实际上也是您卖酒了。

一楼名义上说是会议室，其实也是办公室，因为办公场地不够，有几位同志就在会议室办公。那批酒堆进来后，这几位同志就得搬到二楼去。章富有把自己的办公室腾出来，让他们搬进来办公，自己转搬进一间小的办公室。章富有对他们说：大伙挤一点儿吧，挤一点儿也好，这叫作取暖，文人在一起就是相互取暖嘛。

说到取暖，章富有就想到快过年了，应该给同志们发一点儿取暖费。章富有记得刚参加工作时，工资单上有“取暖费”一项，钱虽然不多，只有十二块，却给人一种温暖的感觉。现在的工资单上，好像没有这项补贴了。现在有人把收入分为白、黑、灰、血、金等“五色钱”，白色收入是正常的工资、福利等合法收入；黑色收入是通过贪污受贿、偷盗抢劫、欺诈贩毒等违法收入；灰色收入是介于合法和非法之间的收入；血色收入是那些突破人类文明底线，以牺牲他人的生命和鲜血榨取的收入，如黑煤窑、黑砖窑等；金色收入是利用黄金、股票、期货等资本获得的收入。H市文联是清水衙门，他们的钱只有一色，白色，纯白色。虽然单位只有四万元机动经费，但他们该做的工作他们一样做好，而且出差、下乡从来都是个人自掏腰包。每年组织演职人员下到农村演出，他们都是自备干粮自带道具，蹬着自行车下去。演出完了，就睡在农家屋里。这些年来，干部职工从未报销过一分差旅费，却从未有人抱怨过，闹情绪过，更没有人提出要调离文联。文联这个岗位就像他们的配偶一样，从一而终。

这天早上章富有也是穿了双排扣的西装，准备拨打邢俊卫的电话，叫他或者他的兰律师把发票拿过来报销。但当章富有无意说了“取暖”这个词后，他就改变了主意，他决定让同志们今年的春节暖和暖和。当然，取暖费是不能发放的，购物卡也是不能去办的，倒是应该把同志们多年来从未报过的差旅费都报了。会议室没有了，章富有就一个一个地把同志们招呼到他办公室来。除了第一位同志因为没有思想准备，进来没带上票据以外，其他同志一进来就都递上了票据。这些票据他们早已填好了，而且都在口袋里藏着，带着暖暖的体温。章富有认真地在每份票据上签上：同意报销。字体一改往昔豪放不羁的风格,是那种工工整整的楷体。每一位同志从章富有手上接过票据后,脸上就体现出了过年的气象。

中午快要下班时,脱产到复旦大学攻读博士的柳梦龙战战兢兢地站在章富有的办公室门前,他前几天才放假回来。柳梦龙是搞文艺批评的,在全国都具有一定的知名度,现在博士还没读完,就已经有外省作协看上了。柳梦龙在个人事业上是个幸运儿,可他的家庭就有些不幸了。柳梦龙的老婆从报社印刷厂下岗后,章富有通过市政局的一个朋友关系,把她安排去做清洁工,就是扫大街。家里有两个在上小学的男孩,还有个长年瘫痪在床的老岳母。拮据的经济收入,让他们一家的日子过得很艰难。去年除夕之夜,两个孩子因为家里买不起鞭炮,就去捡拾别人家孩子燃放过没有引爆的鞭炮来烧,结果一枚掉了引线的哑炮炸瞎了柳梦龙那个老大的左眼。眼睛炸瞎了也没钱装假眼,就让那只眼睛空洞地耷拉着。一个小小的孩子看上去,竟是一副目空一切瞧不起人的模样。

柳梦龙嗫嚅道:章主席,我这些年一直在外念书,没有为单位作什么贡献,我,我不知道我的差旅费能不能……梦龙,章富有打断他的话,你的差旅费我全部给你报销,你的学杂费我也全部给你报销,如果你老大的假眼能开出你个人的医疗发票来,我也给你报销了。柳梦龙扑通一声跪下来,在章富有跟前一连叩了三个响头。章富有急忙把他拉起来,柳博士,你不能这样,你要注意一个博士的形象。他忽然发现办公桌下面有一只纸箱,原来是“李记名烟名酒店”挂牌时没放掉的鞭炮。章富有把纸箱拖出来,对柳梦龙说:这是一箱鞭炮,过年时你给孩子们放吧,别忘了提醒他们注意安全。柳梦龙拿了章富有签过的票据后，把那只纸箱紧紧地搂在怀里，泪水一行行地滚落在那只纸箱上印的一把小雨伞上，那把画上去的小雨伞通常的意思是：注意防潮。

现在章富有每天上班都要到"李记名烟名酒店"里面坐一下，喝它两杯茶。李总店的中央卧着一棵巨大的老树，这棵老树经过人的欲望和撮合，打造成了一只精美的茶几。但它还是一棵树，树的灵魂还在，就像一位烈士倒下了，精神犹存。李总有时候在店里，有时候不见人。李总不在店里的时候就由一个穿旗袍的妹子看管，据说这位妹子就是李总的模特之一。这种时候章富有一般只打个招呼就离开了，茶也不喝了。李总虽不像秦总那样对艺术痴迷，画画却是一天也不间断，严格地说，他一天画画的时间可能比章富有还要多。章富有这段时间都没拿起过画笔，甚至不知道该画什么了。现在章富有比李总还要关心"李记名烟名酒店"的销售情况，因为他还有七百瓶"龙泉"在店里。有时候章富有想，如果李总专卖秦总的"龙泉"就好了。当然，这是不可能的事情。李总的店里主要还是卖茅台、五粮液、水井坊，"龙泉"仅仅是店里几十种普通白酒中的一种。尽管"龙泉"的名气不是很大，但仗义的李总还是把它搁在显眼的位置，这就使章富有看到了希望，看到了光明的前景。

元旦放假回来的第二天，兰律师给章富有打了电话，他说：章主席，你不是说旧债不过年吗？我提醒你一下，今天已是新年元月三日了。章富有说：没错，我记得清清楚楚，我是说过这句话。不过，我也要提醒你一下，我说的是旧历，也就是老历，明白吗？今天才是旧历腊月初十，距离新年钟声敲响还有二十天时间。兰律师说：章主席，我怎么看你都不像是一位严谨的画家，倒像是一个油腔滑调的职业演员。章富有说：是啊！我也总是很纳闷，你兰律师我怎么看也不像是个律师，倒像是黑道上的职业催债人。兰律师说那就依照你的时间吧，到时你如果报不了账，我们只能法庭上见了。章富有说不会的，我们两人在法庭上唇枪舌剑没有必要，那样你还不如跟我到农村去给农民兄弟演一场相声。挂了电话，章富有就觉得自己真的是个无赖，明明欠着人家的钱，就是不想还给人家。

中午下班时，章富有还是进李总的店里坐了一下，喝了两杯茶。章富有壮着胆子问了一下“龙泉”的销售情况。“旗袍妹”翻看了一本记录簿，告诉章富有说：截至目前卖得最多的是茅台，“龙泉”还没卖出一瓶。章富有没想到会是这样的情况，他问：为什么呢？“旗袍妹”解释道：买茅台的多是送礼，“龙泉”是本地酒，能送得起礼的人一般都不会选作送礼佳品，“龙泉”的销售渠道主要还是在餐馆。章富有说那你就多给餐馆推荐一下“龙泉”嘛，“龙泉”是我们本地的名酒，而且绝对是真酒。“旗袍女”说章主席，我会尽力推荐“龙泉”的，但我不能像您那么说。我们店里不存在真酒和假酒的问题，我们所有的酒都是真酒，就像您推崇的“龙泉”一样。

下午报账员小房送账本到财政局去，H市文联没有会计，小房就委托局里的一个朋友帮她做账，一个月给那个朋友五百块钱。小房从局里打给章富有一个电话，说国有资产管理科银科长叫他过去一下。章富有接了电话很不高兴，你一个小小的科长怎么能随便叫我过来过去的。我们文联虽然无职无权,好歹也是一个正处级单位,我的级别跟你们王局长是一样嘛。麻雀小是小点,但你不能说它的肝不是肝肺不是肺吧。你们是鸵鸟又能怎么样?你们的心坏了,胃烂了,你们还不照样得死。章富有没好气道:你跟她说,有什么事在电话里跟我讲,我正在画《裸女出浴》。小房说:章主席,您最好还是过来一下。

银科长见到章富有就问他,你很忙是吧?章富有的态度一下子就谦卑起来,他的确有点儿“权威恐惧症”。章富有答道:确实有点儿忙,不过都是乱忙。银科长说:据说你忙着做生意。章富有问:此话怎讲?银科长说:你不是把一楼的门面租出去卖酒了吗?章富有坦诚道:是有这么一回事,我把单位的闲置资产盘活了一下,以聊补无米之炊。银科长说:国有资产可是归我管的,你这样盘活了也不征求一下我的意见?

章富有说:是吗?我只知道那栋大楼是我们文联的楼,在此之前它是一个大财主的庭院。新中国成立后被人民政府没收,文联成立的时候划给我们作为办公场地。此后是我的前任主席、著名作家韩非先生,一年一年地求爷爷求奶奶,求了整整十年后,终于建起了这栋综合大楼。如果我没猜错的话,建我们那栋楼的时候,银科长你应该还穿开裆裤。

银科长说:章主席,你不要以为你是一只猫,很小年纪就长了胡须,我就是奶牛也是戴胸罩的。我学识浅薄,不了解你们文联大楼的辉煌历史,我只知道它的性质,这个性质是国有资产。我只知道它的权属,它的权属是归我管的。当然我也不只管你们一个文联的大楼,全市所有单位的大楼都归我管。你要把门面租出去,就得征求我的意见,问我同意不同意。另外，门面租出去了，租金就得一分不少地上缴国库，就是上缴到我们国有资产管理科来，你一分也不能用。

章富有咦了一声，我还真没见过租自己的房子却要把租金交给别人。银科长说那我就让你见识一下，你明天就把三年的租金上缴到我这里来。章富有还是不服气，我就不明白，为什么任何事情都是你们说了算？买办公设备也一样，非得到你们指定的商店去买不可，而你们指定的商店其价格就比一般商店昂贵得多。银科长说既然你提到了办公设备，那我就问你，你最近买的打印机和复印机这两样东西，是不是在指定的政府采购办公用品商店买的？如果不是我们就按有关规定处理，不但要罚款，还要没收你的打印机和复印机。章富有一下子瘫软在那里，仿佛浑身的筋骨被剔除了。银科长还处在兴奋的状态之中，她说：现在我们先谈门面租金的问题，政府采购的事过后我再找你。门面出租这笔钱，你如果把它挪用了，那我只能转报给纪检部门。我不管你章主席个人分了多少金额，就是按集体挪用公款论处，你章主席也是要被撤职的。章富有坐在那里，脑子乱成一团麻，旧债未还，又添新债，他现在不仅欠邢俊卫五万多元，又新欠国有资产管理科九万元。章富有站起来对银科长说，我不知道有这样的规定，这个情况我需要跟你们王局长沟通，说完就出了银科长的办公室。

章富有没有去找王局长，而是进了雷科长的办公室。雷科长一见章富有就问你的脸怎么这么黑？是不是病了？章富有一坐到沙发上，眼泪就不争气地落了下来，雷科长递过一张纸巾，他也没接。雷科长就替他把脸上的泪擦了，一连擦了几张纸巾才把章富有的眼泪止住了。章富有喝了一口雷科长递过来的热水,就把卖酒、租门面的经过原原本本地告诉了雷科长。雷科长问那租金呢?章富有说全部给职工们报销差旅费了。雷科长说你怎么这么糊涂呢?这个钱你是不能用的,必须一分不少地上缴国有资产管理科,这是有明文规定的。

章富有问:我都报销了怎么办?

雷科长说:那就得一分不少地退回来,这事没有什么可以商量的余地。

章富有说:现在你叫我怎么动员职工退回来,我开不了这个口。

雷科长说:这个我不管你!你知道吗?你们这是集体私分公款的行为,你只有把钱都收回来上缴国库了一切才好商量,我也才好帮你去跟银科长做工作。章富有还在争辩:我这是给职工报销差旅费,又不是造册登记发放福利。雷科长严厉地批评章富有道,你呀!你真是穷得糊涂了,一点儿法律法规观念都没有。什么钱能用?什么钱不能用?都规定得清清楚楚的。你以为什么钱都可以用吗?什么饭都可以吃吗?什么床都可以睡吗?我跟你说啊!你如果不把租金退回来上缴国库,你是要被处分的。章富有想起了柳梦龙的那双泪眼,赌气道:处分就处分吧,我混到这个份儿上跟过去的丐帮帮主还有什么区别?我早就不想当这个文联主席了。雷科长在后面说:不当就不当了,你以为你不当这个主席就没人当了,谋你这个位子的人多得很。你以为你嚷穷人家就以为你文联真穷,人家只认一个死理,穷庙也不会穷方丈。是的,雷科长说得没错,H 市文联虽然很穷,但他章富有还不是照样穿着双排扣西服，照样能写“同意报销”四个字。

从财政局出来，章富有意外地碰上邢俊卫的老婆邢夫人。邢夫人浑身珠光宝气，一身时尚打扮，属于网上所说的那种“影子消费者”，却无法达到“无龄系美女”的境界。据说当年邢俊卫还在这个小城赶马车的时候，她就下嫁了他，是邢俊卫的糟糠之妻。章富有还记得邢夫人到文联送发票时讲过的一个笑话，笑话说两公婆一起出去催债，结果老婆到次年才回来。老公见她空手而归就很失望，她却指着肚子安慰老公说你放心，我已经把欠债人的儿子劫持在里面了。

章富有主动招呼道：邢夫人送发票过来呀？邢夫人说：可不是吗！章富有说难道财政局也有签单赊账的行为，邢夫人说都一样，签的比你多了十几倍。章富有本想逗邢夫人两句，逗她是不是也要劫持王局长一个儿子，但他一点儿逗的心绪都没有。见到章富有要拦的士，邢夫人说：章主席如果不嫌弃我这破车，小妹乐意送你一程。章富有说：我的车不仅破了还养不起，我只能把它锁在车库里，当作一尊神像来瞻仰。邢夫人说我比你还要悲惨，我的车不但旧了破了，别人也不想碰了，只能自己时不时摸一下。章富有道：谁说你这车旧了破了，你车这么耐看，配置这么高，谁人要是把它报废了，简直是瞎了狗眼。车子驶出不久，邢夫人问：办公室？宿舍？章富有道：哪里也不想去，就想这样走下去。邢夫人说好啊！到了办公室附近，章富有让邢夫人把车停了，他说改天我给你画一幅画吧。邢夫人转过脸来，章主席说话可要算数。章富有盯了她一眼道，你这张脸你这样的身材如果不画一幅画，简直是浪费素材。

见李总在店里坐着,章富有就进去在那棵巨大的树的旁边坐了下来。章富有问:李总,你这个茶几多少钱?李总答道:二十来万吧。章富有想:我要是倒下了,恐怕连这棵老树的一条根须都不如。李总给他倒了一杯茶,章富有想:以后只能喝李总的茶,这间会议室就这样白白地帮银科长出租了。章富有对李总说:来一杯酒吧,最好是茅台。李总说你真喝酒呀?要喝就喝“龙泉”吧,因为秦总的酒绝对可靠。章富有喝了两杯“龙泉”后,就倒在了“李记名烟名酒店”里,直到第二天凌晨才醒过来。

李总店里“龙泉”的销售情况始终无法让章富有踏实,“旗袍女”报给他的数字依然是前几天的那个数字:四十瓶,这个数目小得章富有连推算一下金额的心情都没有。无论章富有如何的焦虑和如何的不安,日子照样把他拖到了农历小年的这一天。没错!今天是小年,还有七天就到大年除夕。小时候的这一天,家家户户都要扫灶台,抹神龛,把香炉里上年的火灰换掉。看到大人做完这一切,孩子们就掰着指头急切地等候大年除夕之夜的到来。如今已是大人的章富有却希望大年的脚步来得再慢些,再慢一些。上午,兰律师又打来一个电话,提醒他注意日期。章富有对他说:还有七天时间,请他耐心等待。至于兰律师能等来什么结果,章富有连自己都不敢问。

晚上,章富有感到浑身疲惫,想干脆饿着肚子睡觉算了。躺到床上后,章富有突然想起一条网络语录:在人之上时,要把别人当人;在人之下时,要把自己当人。他一下子翻身起床,进到厨房扭燃煤气炉灶,决定给自己下一碗面条。他妈的！不就是欠债吗？欠债也不要把自己也欠了，就是死刑犯临刑时也要吃一顿大餐。

灶上铁锅的水还没烧开，老婆打来了电话：老公啊！吃晚饭了没有？章富有刚开口就一把捂住了嘴巴，这些日子以来所有的酸楚瞬即化成一行行泪水，狂泻而下。这是一个越洋电话，老婆此刻远在大洋彼岸。

章富有的老婆是H市人民医院心血管的专家，去年接受国家公派前往美国某医学院做访问学者。她本来不愿意去，想到女儿在哥伦比亚大学攻读硕士学位就过去了，权当照顾一下女儿。老婆发觉这边没有回应，问道：怎么不说话呀？身体不舒服吗？章富有还是说不出话来。老婆在那边急了，你是不是病了？章富有终于说话了，他说：老婆，我没事。老婆说你又喝多了是不是？少喝一点儿啊！就挂了电话。

刚吃完面条，手机又响了，是一个陌生的号码。章富有接了，邢夫人在那边说章主席，我今天调查过了，你今晚没有应酬，所以，我请你出来K歌，共同欢庆这个小年。章富有说：这样不好吧？邢夫人说有什么不好的，主席也是人嘛。章富有还在犹豫着，邢夫人说：我现在就在你楼下。

进到包厢，章富有发现那只硕大的茶几上摆满了一桌饭菜。他问道：不是唱歌吗，怎么摆了宴席？邢夫人脱掉大衣，说边吃边唱，我敢肯定你还没有吃过晚饭。章富有问：你怎么看得出来？邢夫人说我发现你看见茶几上的菜肴时，不经意之间吞咽了口水。你平常到我们酒店吃饭时，发现我们的服务员有吞咽口水的现象没有？章富有说没有发现，他心里面想，等还了你们酒店的债务后，我是不会再去你们那里吃饭了。

邢夫人说你知道这是为什么吗？难道她们一点儿食欲都没有吗？章富有说：我不知道。邢夫人说：那是因为客人用餐前我们已经让她们吃饱了。

邢夫人往杯子里倒酒时，章富有才发现那是一瓶“龙泉”。邢夫人说：我知道章主席你爱喝秦总这个酒。章富有在心里说：我不但爱喝秦总的酒，还卖秦总的酒。邢夫人说：我也爱喝这个酒，因为我相信这个酒靠谱。实话跟你说吧，我们酒店里除了这个酒靠谱以外，其余的酒来路都不是很清楚很可靠。章富有说：都是假酒吗？邢夫人答：也不是假的，是属于假冒不伪劣。章富有问：你们就不怕喝死人吗？邢夫人不屑一顾道：现在还有哪个商人会管他人的死活。

大屏幕投影打开了，音乐奏了起来，邢夫人却把话筒拿过一边去，她说我们得吃饱喝足了才能唱，第一首就唱《翻身农奴把歌唱》。章富有把双排扣也脱了下来，邢夫人接过把它挂到了不远处的衣架上。两件衣服相贴着挂在那里，就像一对形影不离的情侣。

章富有刚吃了两口菜，邢夫人已自己连干了两大杯酒。章富有意识到了往下即将发生的事情，他用眼角偷偷地观察了四周，发现这个场地不具备发生故事的基本条件，难道就在这个窄小的沙发上演绎……这也太因陋就简了吧，章富有的心怦怦地跳着。邢夫人唱歌之前把一个服务生叫进来，交代他说在我唱歌期间不允许任何人进来打扰，说罢偷偷地塞给他一沓厚厚的钱。

“只是因为在人群中多看了你一眼，再也没能忘掉你容颜。”邢夫人唱的第一首歌不是《翻身农奴把歌唱》，而是王菲的《传奇》。章富有一面击掌一面听，觉得还真像那么回事。邢夫人唱罢问章富有唱哪一首，章富有说就唱齐秦的《不让我的眼泪陪我过夜》吧。邢夫人点了歌就拿着话筒站在那里说：下面有请著名画家章富有先生演唱，掌声欢迎！说罢摁了遥控器的某个键，包厢里立即掌声如潮。唱着唱着，章富有就唱起了瘾，他连续唱了四首齐秦的歌。唱到第四首《北方的狼》时，章富有发现不见了邢夫人的身影。他站起来把四周都扫描了一遍，邢夫人真的找不见了。这时，裤袋里的手机振动起来，章富有接听，邢夫人说：你身后有一扇门。章富有转过身来，轻轻一推，门开了。朦胧的灯影下，邢夫人朝他招手，过来呀！我们接着唱《翻身农奴把歌唱》。章富有把门关上，外面的包厢居然奏起了这首歌的旋律。

回到小区大门前，章富有让邢夫人把车子停住。他转过身去，在邢夫人桃红的脸上轻轻地亲了一口。邢夫人却余兴未尽地搂着他的脖子，将一截滚烫的舌头伸进他的嘴里。下车时，章富有说了一句：我们拖欠酒店五万多块钱的餐饮住宿费要到明年开春后才能付给你们，请你跟邢老板说一下。这句话在章富有刚进入邢夫人湿滑温热的身体时就想说了，后来推迟到邢夫人像蛇一样扭动的时候要说出来，但还是没说，在邢夫人大呼小叫的时候章富有决定说了，最后还是没说，直到此时此刻章富有终于说出来了。说完这句话的时候，章富有如释重负，顷刻间却突然觉得脸上一阵剧烈的撕疼，章富有分析，那是自己的脸皮被一只无形的手给剥下来了。

邢夫人说：你放心！我会处理好的。

章富有说：那就拜托了。

邢夫人说:不客气,为人民服务嘛。

进到房间,章富有立即把自己剥了个精光,直奔洗漱间。他先用沐浴露把自己洗了一遍,觉得不干净又用洗洁净再把自己洗了一遍,好像自己刚刚接受了一次人体彩绘。

躺到床上,章富有拨打老婆的电话,我今夜坐动车了。

屁话,你又喝醉了?我们那个山旮旯哪有什么动车。

老婆,我今夜真的坐动车了。

哎呀!坐了就坐了,别啰唆了,快点睡了啊!

问题是我出轨了。

大洋彼岸那边好一阵子没有声息,然后就忙音了。

腊月二十六上午,兰律师突然出现在章富有的办公室。兰律师说章主席,虽然还有五天才过年,但是你今天必须给我把账报销了,因为明天我们的员工开始放假,如果他们领不到工钱就会去市政府那里上访,这样的责任你我可是担当不起的,尤其是你。章富有说:对不起!兰律师,你看我这记忆力,都把这事给忘了,我正要跟你说呢,你们的老板娘邢夫人已经同意我们开春后才结账。

兰律师问:哪个老板娘?

章富有答:就是你们邢老板的老婆嘛。

兰律师又问:哪个老婆?

章富有反问道:难道你们邢老板有好几个老婆?

兰律师说那当然!但也不是很多,只有两个。如果我没分析错的话,你所说的老板娘,应该就是经常出现在酒店里的那个老婆,那是邢老板的大老婆。那个大老婆在店里说话是不管用的，真正说话管用的是二老婆魏慧萍，也就是说真正掌管威运大酒店的是邢二夫人。章主席啊！你公关公错人了！

章富有警惕地问道：你什么意思？

兰律师狡黠地回道：没什么意思，我是说你遗漏了一个“二”字，让我费尽了脑筋，差点儿导致我脑血栓。

章富有懊恼不已，自己居然睡错了人，自己居然把人睡错了，这真是悲哀，悲哀到了极致，这个世界上恐怕找不出第二例这样悲哀的窝囊事了。

兰律师站在那里始终不肯坐下，他的意思很明白，你今天不给钱我是不会走人的。

章富有问：你眼下就差我这五万多块钱吗？

兰律师说：当然不是，还有侨联和社科联两个单位的钱。

章富有说：那你先去催那两个联嘛。

兰律师说：不用，他们已经给我开支票了，我只不过还没把钱取出来而已。

章富有彻底地没有退路了，他对兰律师说：你下午过来拿钱吧。

兰律师问：下午什么时候？

章富有答：任何时候。

中午章富有回到宿舍，从柜子里找出他的工资卡。他不知道卡里具体有多少钱，估计应该有六万，但也不会超出这个数额多少。在中国通常是一个单位的经济实力决定一个干部的经济状况，章富有也不例外。他和老婆一年的纯“白”色收入，也就是九万元左右。这些年来，他们也有一些储蓄，但绝大部分都花在女儿身上了。他们和绝大部分的中国人一样，希望把自己的子女由“寄生人”慢慢地演变成“强人”。一天到晚给人看心脏的老婆，对钱财却看得很淡，她经常挂在嘴上的一句话是：当官不要当要害部门的官，得病不要得要害部位的病。偶尔有机会跟老公出去吃饭时，她最高兴的是听到人家称她老公是个画家。如果有哪位朋友不经意地加上一个定语“著名”，她就越发笑逐颜开。

银行里取钱存钱的人很多，连坐的地方都没有。中国人就是这样，一年的钱都在这个时候存了，都在这个时候花了。章富有摁出了排队号后，一位穿黑色制服的中年女士过来问他，请问领导是取款还是存款？章富有说取款。他在心里说你也不看看我像是那种有存款的领导吗？有领导亲自来存款的吗？女士又问：取多少？章富有答：不多，六万。女士再问：卡还是折？章富有回答：卡。女士就把章富有引领到一台柜员机前面，就在这里取吧，插一次出三千，你插二十次就够六万了。章富有想：原来插一次才出三千，自己那晚只插了一次，居然就想把那五万多元的债务处理了，简直是白日做梦，痴心妄想！自己也太天真了，太愚蠢了，也太病急乱投医。章富有说：这样插也太慢了吧。女士说：不慢！也就二十来分钟，比你到窗口那里排队快多了。章富有问道：安全吗？女士说：绝对安全。章富有顺着她的眼神往左右两边一望，他的旁边站了两位长得很像卡扎菲保镖的健硕女保安。女士补充道：不过，你出去后我就不敢保证了，你可以请求得到我们保安的护卫，不过，这需要付费。章富有说：谢谢！我明白，这里是钱的世界。

柜员机像嗑瓜子的女人，熟练地把一片片瓜子皮吐出来。章富有看着那一张张纸币，不禁想起了一个故事，说的是一对夫妇闹离婚了,女的一定要抚养孩子,理由是她生的孩子,孩子是从她的肚子里出来的。丈夫说:岂有此理,照你这个说法,从柜员机出来的钱就属于柜员机的,还不是谁插卡属谁。章富有扑哧地笑出一声,引得两位女保安警惕地张望起来。章富有也弄不明白,此时此刻、此情此景自己居然还有心思自乐。垒在机上的一大沓钱被章富有一股脑儿倒进皮包,就像一道瀑布一样壮观。瀑布之所以壮观,那是因为它没有了退路。

章富有拎着装了六万块钱的皮包还没回到办公室,他的手机响了起来,雷科长问:章主席啊!你在忙什么呀?

章富有说:报告雷科长,我在取钱。

雷科长说:取钱?我弟媳给你寄美金过来了?

章富有说:雷科长你还忍心开我的玩笑啊!我是取工资还债的。

雷科长说:难得有你这样当领导的,你马上到我办公室来一趟。

章富有拎着皮包气喘吁吁来到雷科长的办公室,雷科长张口就说:荣厅长给你们单位拨了三十万元旧房维修经费,待会儿我就把资金打到你们的户头上。章富有"啊"了一声,嘴巴张得大大的,露出嘴里几颗质量不怎么样的假牙。章富有好不容易收拢嘴唇,他说:雷科长啊!叫我如何感谢您呢?雷科长说:你要感谢的不是我,而是荣厅长。

怎么感谢?就打个电话嘛。一个电话就够了?够了!世界上有这样感谢的?我这里有。

雷科长当即拨打荣厅长的电话,拨了电话后就对章富有说，荣厅长很忙，你不要啰唆，简单说一两句话就行了。电话接通了，雷科长说荣厅长您好！H市文联的经费到账了，非常感谢您。那个画家文联主席小章同志就在我这里，他想跟您说两句话，就把手机递给章富有。章富有接过手机说道：领导时间宝贵，我只说一句话，荣厅长万岁！

荣厅长说：小章同志，你说错了，你是主席，万岁应该属于你。

这个狗日的冬日下午，因为阳光的铺垫而显得格外的灿烂和优雅。太阳透过厚厚的云层，愣是将大地罩在金色的光环之中。章富有热情地招呼兰律师坐到沙发上，端给他一杯热气腾腾的Blue Mountain Coffee，又从办公桌抽屉拿出一条“熊猫”牌香烟递给他。兰律师受宠若惊地接过去放进包里，章主席，你太客气了。章富有说：一点儿心意。章富有来到窗前，一把拉开封闭已久的窗帘，旋即金色的阳光照在他的双排扣上。章富有坐到办公桌前，拿起一支派克钢笔，在威运大酒店的票据上签道：“同意报销章富有”。不知道是过于激动还是太过于匆忙，这七个字之间，没有间隔任何标点符号。按照字面上去理解，不是章富有把威运大酒店的债务报销了，而是章富有同志自己把自己报销了。据说，很多领导也经常发生这种茶余饭后被人们传为笑谈的错误。当然，这仅仅是传说。

（原载《小说月报·原创版》2012年第9期，《小说选刊》2012年第10期、《北京文学·中篇小说月报》2012年第10期转载。）

# 报道

我们文联的财力物力注定我们根本不可能为扶贫联系点做任何一件需要花钱的事情，但也不是什么事情都干不了，手里不是有一支笔吗？可以为他们写宣传报道嘛，物质上帮扶不了，那就精神上帮扶吧！

十多年前报道那个扶贫英雄的作者名叫文丕。那个文丕就是我。那年我刚从报社调到文联,年前我在下乡采访途中遭遇车祸,摔断了右腿。我的上司俞平夫社长认为我不适合再当记者,他把我推荐到市文联。市文联主席陈真味先生那时正为一年上缴五千元残疾人保障金而头痛,我来了就等于文联养了一个残疾人,以后这五千元就不用再上缴到市残联。换句话说,我到市文联后每年可以贡献五千元。当时我三十二岁,我干到退休的时候可以为市文联贡献十四万元,就这样陈真味主席双赢地接纳或者引进了我。陈真味主席既是一位从事喜剧创作的剧作家,又是一位善于精打细算过紧日子的领导。我到市文联参加的第一个会议是研究选派工作队员到扶贫联系点去扶贫。此前市文联的老黄和老章轮流下去了,只有新来的我和陈真味主席没下去过。陈真味主席当然不能下去,他是单位一把手,他下去了文联就得关门。中国是一个没有领导就会乱套的国家。再说陈真味主席这样一个正处级领导干部到村里去当工作队员,县里的书记县长怎么摆布他。于是,我责无旁贷地说我下去吧。我的新上司陈真味主席嘴上叼一只烟斗,那只烟斗和他的脸色一样蜡黄,仿佛陈年的腊味。陈真味主席的目光落在我的拐杖上,停留了一锅烟的工夫,他说可是你的腿脚不方便啊!陈真味主席这句话明显地带有照顾我的成分,当然也是因为我腿脚不方便才需要开会研究。但是陈真味主席这句话却伤了我的自尊心,自从我的右腿摔断了以后,我就特别的敏感和要强,我不能接受别人把我归入残疾人之列,尽管只要我承认我是一个残疾人每个月就可以领到一百多元的补贴。要知道我当时尚未婚恋,人家女孩要是知道我不怎么健全,我就是写一万句“我爱你就像爱我剩下的唯一的一条腿”,也不会有哪个女孩被我的豪言壮语所打动。我当即站起来,在原地健全地走了几步。事实上我的右腿也不是完全丧失了行走的功能,它只是需要拐杖助力,就像领导需要秘书一样。我说从某种角度来讲我比健全人还牢靠,因为我有三条腿,我比健全人还要脚踏实地,立场坚定。我说我孑然一身无牵无挂无后顾之忧,是最佳的扶贫工作队员人选……陈真味主席打断我的话,他说最佳的标准不是工作队员的思想素质,而是工作队员所在单位的经济实力,我们文联的财力物力注定我们根本不可能为联系点做任何一件需要花钱的事情。陈真味主席说既然你执意下去,我就全力支持你,当然你下去了也不可能为联系点做出什么贡献,但去与不去是态度问题,有没有贡献是能力问题。陈真味主席鼓励我说,你也不是什么事情都干不了,你手里不是有一支笔吗?你可以为他们写宣传报道嘛,物质上帮扶不了,那就精神上帮扶吧。十多年来我一直牢记陈真味主席的这番话,它曾经是我驻村期间的指导思想和行动指南,我一直用它武装头脑,指导实践。陈真味主席是搞喜剧创作的,但我发现他现实生活中的台词却相当严肃，当然是残酷的现实迫使他严肃。

我们全体工作队员胸戴红花下村的那天，市政府中心广场红旗招展，锣鼓喧天。十多年了，我还记得那个激动人心让人饱含热泪的场面。市里一位领导亲自给我戴上大红花，那朵大红花占据了我胸脯三分之二的面积，它像一团火焰一样熊熊燃烧。陈真味主席破例用单位的小“羚羊”把我送到那个乡政府所在地清水街，以前老黄和老章都是自己坐班车下来的。此举是陈真味主席对我的特殊关照，当然也是对扶贫工作的高度重视。乡政府一位穿迷彩服的干部像接收一件可有可无的救灾物品一样接收了我，他看了我的介绍信后喊了一声：老跛，你过来，你村的工作队员文同志到了。叫老跛的是一个中年人，有些不情愿地一瘸一瘸地迎上来。事实上屋檐下的老跛一直在观察我或者说一直观察我乘坐的小“羚羊”，饱经沧桑伤痕累累的小“羚羊”，让老跛一脸失望。但是当他见到我从车里伸出一根拐杖出来时就一脸的灿烂了，老跛神采飞扬地握着我的手，文同志，你是残联的吧？我说我是文联的。老跛就不做声了，失落重新爬上他的麂皮脸。

老跛挑着我的行李，一瘸一瘸地走在我的前面。我拄着拐杖一瘸一瘸地跟在他身后，我们俩一瘸一瘸地走在羊肠小道上。老跛左腿有疾，我是残在右腿上。我俩要是合成一体，就是一个健全的人。老跛问我，你怎么不是残联的？我跟老跛解释，不是残疾人都到残联去，何况我不是残疾人！我告诉他市残联覃主席就长得人高马大、端端正正的。当然，别的部门也有残疾人，主要是脑残。我问老跛，我是残联的又怎样？老跛说残联牛×啊！残联有很多钱，去年他们为隔壁的龙头村修了两条四级路。我说我晓得，我们文联的老黄和老章在龙骨村住了两年，半截路也没修成。我当时确实不知道市文联没有钱，我以为市文联跟报社一样有钱，报社当时一年登载治疗梅毒的广告就有五百万的收入。市文联不是也有一份刊物吗，为什么只搞精神食粮不搞点福利创收？我后来才知道文联一年只有两万元的办公经费，连确保机关正常运转都难。别看老跛只是个村干部，他对国家机关部门的情况了如指掌。老跛说你们不就是几个联吗？你这个联，残联，还有妇联、侨联、工商联，怎么你这个联跟那几个联不一样呢？我说我初来乍到，情况还不了解。我后来才知道别的部门从上到下都有一根线连着，唯独文联系统没有。这根线就是钱，就是经费。我后来还知道别的部门之间的关系是纵向关系上下关系，文联系统是横向关系平行关系。老跛换了话题，他说真是为难你了，你们文联就不能派一个腿脚方便一点儿的人来吗？我心里也想说一句真的为难你了，你们龙骨村难道就不能找一个腿脚方便一点儿的人来当村主任吗？当然我没说，也不能这样说。我对老跛说为难的是你而不是我，我下来时领导一再交代不要为难群众，我今天一来就为难你了，恐怕以后还要继续为难你。老跛说为难谈不上，我只是觉得你没必要下到村里来跟我们搞什么"三同"，你只要到乡政府露个脸就行了，年底我保证给你盖章填满勤。我当时不明白人家老跛是把我看作累赘了，我们文联没有扶贫项目，没有援助经费，人家却要白白地伺候我，我不是累赘也是个包袱。我对老跛说，我既然下来了，是真心想办些实事，你不要以为我们文联什么作用都没有，我们某些方面的作用别的部门是没有的。那时候我们正好爬到山坳口，老跛把行李担子架在一块石头上说休息一下，前面还有五个峒场的路程。我支着拐杖，从行李包拿出一沓稿纸来，我说你们不是要修路吗？我把这一沓稿纸变成一沓钱来给你们修一条路，你信不信？十多年来我都弄不明白我当时哪来的胆量或勇气，说这样的大话居然毫不含糊，今天就是把我推上主席台给我麦克风我也讲不出这种激动人心催人奋进的报告来。老跛一句话也没说，抢过我手上的稿纸默默地放进行李包里，挑起行李担子一瘸一瘸地重新赶路。我追着老跛，连连追问你信不信？老跛被追问急了就说，我信我信，我都信！老黄下来时说要写一个剧本，到时拍电影了政府自然会修路进山来，我信了。老章下来时说要画一幅画，待他把画拍卖了，别说修一条村级路，就是修一条柏油路都完全有可能，我也信了……我一时无语，老黄和老章都是文联精英文艺界的名人。前者是知名编剧，写过很多谍战剧本，后者是著名画家，有画作被国家博物馆收藏，而我不过是一个写“豆腐块”的跛脚记者，我这点能耐算个屌啊！

沉默了一段路程后我才想起该怎么称呼老跛，我问老跛，怎么称呼你？老跛说你就叫我老跛，全村人民都叫我老跛，我乐意听人叫我老跛，你也叫我老跛吧。我说我叫不出口。老跛说有什么叫不出口的，跛就跛嘛，你也是跛的嘛，你叫我老跛我叫你小跛，怎么样？我原则上同意，但后来只有我叫他老跛，老跛一直叫我文同志。老跛问我，你是怎么跛的？我告诉他是一次车祸后跛的。老跛说你这跛啊，跛得一点儿也不浪漫，我是睡一个女人的时候让她的两个儿子砸的，我这跛有所值。十多年了我一直感叹，同样是跛子，我跛得索然无味，老跛却跛得意味深长。我后来在老跛一本笔记本的扉页上，知道老跛的名字叫韦鸣炮。

老跛说老黄下来时要写一个剧本拍电影，让电影把公路引进龙骨村来，其实老黄在龙骨村住了一年，一个字也没写出来。老黄是写谍战题材的，龙骨村自古就是一个偏僻之地，不说特务，就连土匪都没光顾过，红军和游击队更没来过，所以老黄能听到什么故事！再说老章，老章下来时说要画一幅油画，要把他的画拍卖了修一条柏油路到龙骨村来，后来老章一幅也没画出来。龙骨村地里除了玉米就是向日葵，向日葵老章他敢画吗？他画得过梵高吗？他就是画玉米也画不过李金山先生，自然老章的画就画不出来了。据不完全统计，老黄和老章两人在龙骨村总共吃了两头肥猪、十二只山羊、三百一十七只土鸡和六百三十四斤米酒，最后一事无成扬长而去。以上数据是我后来在老跛的一本笔记本上偶然发现的(类似这样的数据我后面还会补述)，但我在龙骨村一年多时间里老跛对此只字未提。相反老跛对老黄和老章的工作给予了充分的肯定，比如老黄把村里三十多位留守妇女组织起来，成立“留守母亲艺术团”，排演节目，自娱自乐，让她们心有所依，情有所寄，解除寂寞。老黄还把十几个专门给死人做法事的道公师公组建成“天地畅行歌舞队”，将封建迷信转变成为非物质文化遗产，引起了有关部门的高度重视。值得一提的是，这两支文艺队伍在全乡文艺汇演中双双夺得一等奖，一下子提高了龙骨村的知名度。老章义务给村小学生上美术课，教他们画国画、画油画，乡中心小学和中学的学生们都没享受到如此的待遇，因为他们从未见过美术老师。此外老章还为村里的老人画像，比如为村里的黄毅松、赵家林、宋亦荒三位老人画的像，后来都成了他们的遗像，填补了村里老人去世丧事没有遗像悬挂的空白。家属们见到先人栩栩如生的画像，唏嘘不止，感激涕零。然而，我知道这些都不是老跛所思的，都不是龙骨人民所想的，他们世世代代祖祖辈辈所思所想的是一条公路，一条通向山外世界的公路。这才是他们的梦想或者叫作龙骨梦。老黄和老章都没能帮助龙骨人实现这个梦想，他们白白地吃了龙骨人民的猪肉、羊肉和鸡肉，喝了几百斤酒，还睡了两个留守妇女。当然，我知道老跛同样对我没有信心，我明白任何一个龙骨村人都不会对我这样一个跛脚的人抱有幻想。

我没想到我这个写"豆腐块"的跛脚记者，一进龙骨村就有创作灵感。文学需要灵感，新闻也是需要灵感的。灵感来自一座令我胆战心惊的天桥。那天天快要黑下来的时候，老跛挑着我的行李把我带到一处山崖边上。老跛指着眼前一个锅底状的峒场对我说，文同志，现在摆在我们面前有两条路，一条是沿着山崖边的小路下到这个峒场的底部，再爬上对面那座山，时间大约需要两个小时，一条是通过附近的一座天桥，直接到达对面的山崖。我把眼镜摘下来，掏出手帕擦干镜片上的水汽，再戴上一看，眼前的峒场深如天坑，坑底散落几户人家。斜对面的一处悬崖近在咫尺，悬崖下面是望不见底的绝壁深涧。悬崖之间长出的杂草，让风一吹就会勾在一起。我对老跛说捷径不走走弯路,那不是傻子吗?走天桥吧。老跛就卸下担子,爬下一个坎去,让我把担子递给他,再伸手接我下去。老跛扶起一簇弯垂下来的杂草,我看到了几根大小不一的木头拼在一起,高低不平地架到对面的悬崖。我指着那几根木头问老跛,这就是天桥吗?老跛说没错,村里人每次出山就从这天桥经过。老跛挑着担子走在我前面,我战战兢兢地跟着他走上天桥。走到天桥中间,老跛加快脚步一下子就到了悬崖那边。我忽然迈不开步伐,我的双脚,还有我的拐杖似乎被铆在了天桥上。我看见绝壁深涧奔腾的溪水,还有几只飞翔的鸟儿。我的头皮一阵阵发麻,眼前突然一片昏暗,我感觉身子不停地发抖,像害了疟疾一样。老跛在对面大声地喊道,文同志你怎么了?我无力地摇了摇头。老跛喊道,趴下!赶快趴下!我慢慢地蹲下来。老跛在对面给我发出指令,搁下拐杖往前伸出手去,两手抓稳两边的木头,再伸出脚去,慢慢地往这边挪过来。我整个人趴在天桥上面,依靠两手的力量,小心翼翼地往前挪动。山风徐徐地吹过,我两眼紧闭,肚皮一阵阵地收缩,接着裤裆一阵温热,我仿佛回到童年时代的某天早晨。爬到山崖这边,我一屁股瘫到地上。老跛用力拉着我,快走吧,天要黑下来了。我勉强地站起来,我说拐杖留在天桥上了。老跛一瘸一瘸地返回天桥,一下子就把我的拐杖捡了回来。当晚在老跛家里,我对老跛进行了采访,我问老跛天桥什么时候架起来的?老跛很平淡地说不知道,他只知道在他父母亲去世之前就有这座桥了。老跛的回答或者说老跛的淡定让我失望,同时我对我的两位前任工作队员老黄和老章也很失望,他们怎能对这座天桥熟视无睹呢?怎能对这座天桥麻木不仁呢？我后来知道老黄和老章第一次进入龙骨村的时候，老跛也带他们来到天桥，但他们没有一个人从天桥经过，他们都是沿着山崖边的小路下到峒场的底部再爬上对面那座山。也就是说，他们回避了天桥。而他们回避了天桥，也就回避了一切。

第二天我拄着拐杖出现在村里，挨家挨户登门走访。村里人一夜之间都知道了我的名字，他们见到我就招呼文同志你来了，又问我老黄和老章都好吧，我说都好，都活得有模有样白白胖胖的，然后就问他们天桥什么时候架的。有的村民回答民国的时候就架了，有的说是上个世纪五十年代架的。没有一个村民给我确切答案。我问多了就有一个村民说，文同志你说什么时候架就是什么时候架吧，以你说的为准。接着我又问他们，天桥架到现在有人跌下去过没有。问到的村民有的连说没有没有，有的一听扭身就走了。再登几户人家家门，人们见到我就像遇到瘟神一样躲避。老跛责怪我道，你也真是的，你怎么能问这个问题呢？难道你希望村里有人从天桥上面跌下去！我告诉你，天桥架到现在，不说一个人就是一只羊一头牛都没有跌下过。我直接就问老跛，你想不想修路？老跛说那还用讲吗？我说你想修路就把这座天桥架设的确切时间、架桥以后跌了多少人等具体数字拿出来给我。我提醒老跛，跌桥人数至关重要，它关系到龙骨村能不能修公路的问题。我提示老跛，现实中没有人跌下天桥，难道想象中就没有吗？那么危险的一座天桥，你说从未有人跌下去过，哪个相信？再说目前没人跌下过，你敢保证以后没有人跌下去吗？我说老跛啊！那天如果你不提醒我趴下，我就完全有可能跌下深涧去了。我告诉老跛，我是一个死过了一回的人，对于死亡的理解和对生命的敬畏，我最有发言权。老跛在村里转一天，天黑时回来给我材料：这座天桥架于民国三年即一九一四年九月，迄今已有八十多年的历史。天桥架起来后，龙骨村累计有十六位村民五十五头牲畜不幸跌下桥底，葬身绝壁深涧（我知道死亡数据是老跛经过统一群众的思想后得来的数据）。当晚在老跛的家里，我一口气写下一篇文章《一座天桥连接山外的世界》，是以"群众来信"的体裁写的。文中我根据老跛提供的材料，详细生动地描述龙骨村六千七百多人民群众行路的艰辛。我写到村人从天桥上跌下绝壁深涧时，泪水一直流个不停，稿纸上的字被洇得一塌糊涂。年前我从摔得七零八落的汽车残骸里爬出来时就是这样哭的，哭的原因是意识到自己还活着。坐在一旁的老跛不停地给我端茶点烟，拿着毛巾为我擦泪。我在文章的最后一段写了这样一句话：这座天桥年代久远，木头已经腐朽，厄运随时会降临在龙骨村人的头上。鸡啼二遍的时候，我抄完第十份稿子，在十个信封上写上了十家报纸的名称和详细地址。我当记者时跟许多家报纸的编辑建立了良好的关系，人缘与人脉有时候就是不可估量的资源。我交代老跛的独仔阿夕，明天到清水街邮政所用挂号寄出去。老跛的独仔阿夕后来成为我驻村期间的通讯员或者投递员。他健步如飞，从村里步行到清水街只用别人三分之一的时间。老跛宰一只母鸡慰劳我，那是一只正在下蛋的母鸡，它的肚子里有一只已经成形了的鸡蛋。我跟老黄和老章一样吃着龙骨人民的鸡肉，我不知道他们是否吃得心安理得，我承认那天晚上我吃得很踏实甚至很自信，说到底就是吃得厚颜无耻。

约半个月后,乡政府那个穿迷彩服的干部带了八个人来到龙骨村。一进到村里"迷彩服"就叫老跛带他们看天桥,原来他们进村时老跛没有带他们通过天桥,而是沿着山崖边的小路下到那个峒场底部,再爬上对面那座山进村来的。我提上拐杖也跟着去了,我有些不放心老跛。尽管这些天来我一直对老跛进行培训,我还是担心他在关键时刻稳不住阵脚,回答问题出现差错。和很多村干部一样,老跛是一个被上级呵斥两句就腿软的人,何况他还是一个跛了腿的人。另外,还有两位村干部来不及对他们进行问话培训。龙骨村除了老跛以外还有两位村干,一位叫韦鸟笼,一位叫韦鸟套。前者年岁较大,村人叫他鸟叔。后者年纪较轻,村人称之鸟哥。村干是他们的副业,他们的主业是道公。单位老黄在成立"留守母亲艺术团"时两人还为竞争队长一职闹过别扭,连道场法事也不一起做了,目的是想独霸留守妇女这一资源。老跛在龙骨大队改为龙骨村委会时就当了村主任。那年丧偶的老跛去会一个寡妇时,中了她两个儿子的埋伏,突围时被砸断了左腿,闹了绯闻,老跛就辞职不干了。后来村两委换届,村里人又把老跛选上来,支书主任一肩挑。

爬上悬崖见到天桥,"迷彩服"带来的人就像考核干部一样对老跛进行提问,提问内容几乎跟我先前采访老跛和村民的内容一样,即天桥何年架起、发生过村民跌下天桥的事故没有?老跛都冷静地一一做了回答。一个戴金表的领导问道,全村有多少群众进出山要走这座天桥?老跛回答说,全村分为三个片,有两个片约五千多群众进出山必须通过这座天桥

(老跛这个数据比我文字上的数据少一千人，却是真实的数据)。一个穿花格子T恤衫的领导说，群众干吗非得走这座天桥呢？沿着对面山崖的小路下去，再经过下面峒场上来不就没有危险了吗？我们刚才就是这样进村来的。老跛一时答不上来，事前我也没有培训他这个问题。我当即替老跛解释，我说你们刚才是走弯路，人民群众是不会走弯路的，只有干部才走弯路。“表哥”扭头问我，你是哪个单位的？我说你回去看市委文件就知道了，我是市委派来的。“表哥”又问我，你不是干部？我说严格来讲不是，我是事业编制，只有你们这些公务员才是干部。我后来知道“迷彩服”那天带来的八个人，分别是县政府办、交通局、发改委和扶贫办等部门的头头脑脑，带队的是一位姓曹的县政府办主任，就是那位“表哥”。“表哥”曹主任是奉栾县长之命率调查组前来调查的。栾县长从报纸上看到那篇被编辑删除了一半的“群众来信”之后立即做出批示，要求相关部门深入实地调查，尽快拿出修路方案。

从天桥回来，阿夕已经摆好餐桌，餐桌上摆满了羊肉、鸡肉和腊猪肉。两个片的片长、小组长和群众代表已经到了，都坐在餐桌边热情等候。这是事前我跟老跛策划好了的，调查组来之前我们曾经在老跛家碰头过，我对片长、小组长和群众代表也进行了培训。老黄和老章已经把老跛家的羊吃完了，我就拿出一千块钱给老跛，叫他去买一只阉羊来。老跛死活不肯接受。我说就当我捐给村里修路的款项吧，再说调查组吃不到羊肉怎么给我们修路。说完后面一句我就感觉有些不自然，老黄和老章不是吃了老跛十二只羊也没修出半截路来吗？当然老黄和老章不可能跟调查组的人相提并论，调查组的人个个都是手里掌握项目的实权人物。老黄和老章能做什么？他们只会纸上谈兵，空谈误国。那天调查组的人一进桌就被群众的热情感动了，感化了，感染了。他们被群众分割到三个餐桌去，这便于各个击破——这是我和老跛的策略。

十多年了，我还记得那天的天气和场景。那天春光明媚，阳光灿烂，干群同心，大块吃肉，大杯喝酒，喜气洋洋，其乐融融。过后老跛说这是龙骨村几十年来最热闹的一天，当年土改分田地时也没有这样热闹过。宴席进行到后半场，“表哥”曹主任已经满面红光神采奕奕了，他发话说，同志们！你们看了天桥之后，都有什么想法？大伙说曹主任的想法就是我们的想法。曹主任扭头对“花格子”说，莫老爷你回去负责写好调查报告，如实向栾县长汇报龙骨村群众行路难的问题。“花格子”连忙表态遵命。曹主任接着指示，交通局要立即派技术员下来走线，尽快拿出公路设计方案，发改委要及时上报项目落实项目，尽快组织实施。曹主任最后下令，马上拆除天桥，不能再让群众冒险通过天桥了。老跛一愣，说曹主任能不能修通路了再拆桥。曹主任斩钉截铁道，不行！马上就拆，一天也不能耽搁了。曹主任指着我说，拆除天桥，你来督办，市委派来的同志。

我和老跛在天桥边上发生激烈的争吵，这是我在龙骨村一年时间跟老跛唯一的一次争吵。十多年了，我一直为那次争吵无法原谅自己。我在龙骨村一年时间里与老跛的关系可以说是相敬如宾，我们相依相靠，团结得就像一个健全的人。争吵的原因是老跛坚持公路修通了再拆除天桥，老跛反复跟我强调天桥的安全性，他说天桥的木头是浸泡过桐油的坚木，坚实且坚韧，比钢还要硬，比铁还要韧，并不是我在文字里所说的已经腐朽。老跛说文同志，为了修路你可以那样夸张和渲染，但现实生活必须尊重事实。老跛把我拉到不远处的一座庙宇，指着里面一块裹着红布的石头说，请你相信它，它是全村人包括你永远的保护神，任何一个通过天桥的人都不会有风险。我跟老跛强调我必须履行职责，必须承担我的责任，拆除天桥就是我的职责我的责任，不拆除天桥我就无法向曹主任交代。老跛问我，如果天桥拆除了，项目没批下来，公路修不了，我怎么跟群众交代？拆桥容易架桥难，老跛说我直到现在都弄不明白，祖先们是怎样把那几根木头架到对面悬崖上去的，那时候没有吊机，没有起重机，难道是神仙帮助了他们？我说老跛你可以相信神仙，更要相信政府，政府才是真正的神仙。老跛说我不是不相信政府，我是不完全相信政府的某些人。最后老跛跟我妥协，他说天桥不拆，封起来行不行？我保证不让群众通行。我态度坚决，不行！必须拆除。就在我和老跛争执不下的时候，我听到轰隆一声巨响，扭头一看，老跛的独仔阿夕用钢钎撬开了枕着桥木的一块石头。老跛疾奔过去，但为时已晚，架空了的天桥斜着身段，落下了绝壁深涧。老跛哀叹一声，造孽啊！

从山崖上下来，老跛一路无语。连续三天老跛没有跟我说一句话。我后来知道天桥是老跛心中真正的"天桥"，和庙宇里那块裹着红布的石头一样神圣不可侵犯。老跛要修路但并不是要拆桥，而且根本不想拆除天桥。老跛认为修路和拆桥是两码事，井水为什么要犯河水？老跛直到去乡政府开会那天才开口跟我说话，他提议我去找鸟叔和鸟哥开个会，商量配合县交通局技术员做好即将开展的走线工作。老跛对我说，利用你的身份教育一下那两个“鸟仔”，要分清主业和副业，不要一天到晚巴望人死，想着猪头皮。我说老黄和老章他们都不怕何况我。老跛说那两个“鸟仔”就怕你，因为你是记者。我遵照老跛的指示，找到那两个“鸟仔”，我对他们说，鸟叔鸟哥，天桥拆了。鸟叔和鸟哥一致拥护拆桥的决策，他们说拆得对，拆得英明，拆得正确。天桥拆除了，政府就没有退路了，群众也没有退路了，这路就得修起来了。后来事实证明天桥拆除后，不是政府没有退路，也不是群众没有退路，而是我没有退路。我现场督办拆除天桥后，自己把自己逼到了一处悬崖上，前面是绝壁深涧。老跛从乡政府开会回来那天，他的脸像天空一样阴沉。我心里咯噔一下，我分析是修路的事被推迟了，因为现在已是年初，所有建设项目早在年前已经层层上报，现在不是上报项目的时候而是项目审批或待批的时候。我虽然是个跛脚记者，但一些简单的常识我是了解一些的。我想如果这样那就等一等吧，我们可以先发动群众做好修路的前期工作，比如该征地的征地，该砍伐的砍伐，在外面打工的青壮年人要通知回来修路。这些杂七杂八的事也都不是迎刃而解，也要费一些功夫的。但是老跛带回的消息比我的分析还要糟糕，老跛说县里已经给乡里回复，龙骨村公路施工线路长、地质复杂、投入资金巨大，该项目需要有关部门反复论证才能立项。听老跛这么一说，我就明白公路泡汤了。县里所谓的有关部门要对项目论证才能立项，这论证不是通常的论证，是反复地论证。这反复的结果是什么结果，通常就是没有结果的结果。我的心一下子凉透了,我说老跛啊!我们都拆除天桥了,他们怎能不给修路呢?调查组羊都吃了怎能这样不讲信用呢?老跛说文同志,你太稚嫩了,我是老糊涂了,我们都是脑子短路了的人,我们都以为调查组是来修路的,其实他们是来拆桥的,拆了桥一切就万事大吉了。十多年后我跟曹主任有过一次接触,那时候曹主任已经当上副县长,他私下告诉我当时龙骨村公路项目没批下来的原因。原因是栾县长认为曹主任事先没经过他同意就擅自越权拍板修筑龙骨村公路,栾县长说修公路这么大的一件事,不是你曹主任能说了算,就是我栾县长也不可能一人说了算,而是要经过县长办公会专题研究的。曹主任说栾县长那些话都是借口,真正的原因是栾县长觉得自己被架空,一怒之下断然否决。栾县长还责怪曹主任处事不稳重,感情用事,群众讲什么就信什么,群众要什么就给什么,哪能这样当干部当领导呢!哪天全县群众都来县政府大院要求当干部领工资你也同意吗?老跛对我说文同志,这回你该相信我的话了吧,我说过了的,我不是不相信政府,而是不相信政府的某些人。我流着眼泪对老跛说,老跛你放心,我就是去请愿去上访去静坐也要给龙骨村修出一条路来。老跛说你饶了我吧,你一旦去了还不是我陪你,那拘留所我可不想进去。

我后来当然没有去请愿去上访去静坐,请愿上访静坐那是愣头青们干的傻事,我才不会那样干,那样干也不符合我的身份。我唯一可做的就是拿起笔来,继续写我的文字,重新发挥文字的功能和作用。拿破仑说过,一支笔杆子胜过两千条枪。艾森豪威尔也说过,一美元的外宣费用等于五美元的国防费用。尼克松在“水门事件”中受挫,受到弹劾,被迫辞职后他慨叹道,三份不友好的报纸,比一千把刺刀更可怕。这就是文字的魅力或者影响力。我对这篇《一座天桥连接山外的世界》进行再创作,我根据现有的素材,进行再挖掘再加工,把这篇“群众来信”修改成为一份内参。上次是公开发表,这次是内部报道。上次我投的是市级报纸,这次我要发给省报。上次的“群众来信”让栾县长看到,这次这份内参我要让市长和省长看到。为了体现文字材料的真实性,我让老跛在稿子的最后一页签上:情况属实,同意发稿。并加盖了龙骨村委会的公章。我把稿子直接寄给省报的一位编辑朋友,这哥们儿是负责这家省报内参的编辑。

两个星期后“迷彩服”又进村来了,这回他带进来的不是调查组,而是省电视台的两位记者。和调查组一样,两位记者稍作休息就提出要去看天桥。老跛告诉他们,天桥拆除了。高个子记者惊讶道,拆了!什么时候拆的?我回答说,一个月前县调查组来检查天桥后下令拆的,不允许群众再冒险通行。高个子记者问我,你就是那位叫文丕的作者吗?我说是我。高个子记者说,照这么讲天桥拆除了你才写的内参。我说天桥虽然拆除了,但桥址还在,通向天桥两头的小路还在,保佑天桥的庙宇还在,你们可以去拍嘛。一直不停地擦汗的矮个子记者说,天桥都没了你叫我们拍什么!高个子记者带着责怪的口吻道,天桥都拆除了,你还写什么内参,你这不是搞假报道吗?你……我急得话都说不出来。事实上我是无话可说。“迷彩服”对我说文同志,你要是闲不住手,就跟我到乡政府去,乡政府有没完没了的文章够你写的,不要窝在这里胡思乱想瞎编滥造,害得我跑来一趟又一趟,害得我的一条腿也跟你一样跛了。说罢一瘸一瘸地迈起步来。我抄起拐杖要砸过去,阿夕在身后一把抱住我。原本我们是要好好地招待电视台记者的,却让我一副拐杖赶出了门。那天我喝了很多的酒,酒进我的肚子后又变成水,一行行地从眼里鼻子里淌出来,仿佛又重新酿制或者过滤了一遍。我一遍又一遍地问老跛,老跛你告诉我,我让你把天桥拆了,到底是对还是错?老跛安慰我,没错!拆桥拆得对,你是为全村人的安全着想,我要是像你一样当工作队员,同样也要负起这个责任,你不要自责,不要想得那么多、想得那么复杂。我说可是天桥拆了,公路没修起来,我对不起全村人民,我让群众像干部一样走弯路了。我在哭诉中喊了一声姐啊!我少年时就失去了爹娘,姐是我唯一的亲人。

我连续在床上躺了三天两夜,第三天中午我还迷迷糊糊地躺着,我的上司陈真味主席站在我的床前。见我睁开了眼睛,陈真味主席呵斥道,你是不是每天都喝成这个样子?你啊!你给我们文联丢尽了脸面,你给我们文艺界丢尽了脸面,你今天就卷起行李跟我回去,不要在这里给我丢人现眼,惹是生非。陈真味主席是专门从市里下来兴师问罪的,有人把我的状告到了他那里,说我下到联系点后写假消息搞假报道,给村里乡里县里的工作造成严重的干扰,表面上看我是在帮忙,实际上是帮倒忙。我后来知道是栾县长亲自找到陈真味主席反映我的所谓的问题,并暗示陈真味主席只要把我召回来,县里可以给文联赞助十万元。栾县长甚至认为陈真味主席是专门派我来村里卧底的,县里历来对记者或者从事新闻报道的人保持高度警惕。原本软弱无力的我,经过陈真味主席的一番呵斥,浑身一下子充满了力量。我一骨碌从床上跳下来,两手叉腰指着我的上司陈真味主席,我是不是每天都喝成这个样子,我在这里是不是丢人现眼惹是生非不是你说了算,不是那些告黑状的人说了算,而是龙骨村人民说了算,你可以问问村干部,你可以随便去问任何一位村民,他们会给你正确的答案。那天我没有跟陈真味主席回去,龙骨村的公路没修出来我是不会回文联的。我不是老黄和老章那样的人,我吃了龙骨人民的鸡肉是要办事的。陈真味主席跟老跛从天桥遗址回来后,从包里拿出一沓钱来递给老跛说,这是一万元,我把文联办公经费的一半都拿来了。陈真味主席说,你们可以先请交通局技术员来放线设计,先购买钢钎铁锤等筑路工具,待机会来了条件成熟了再施工,不要着急,一步一步来。老跛说陈主席,你把办公经费都拿来了,文联不就得关门了么。陈真味主席答非所问道,一万块钱给你们,你们也修不出一公里的路来,但是政府要是一年给我们文联相当于一公里路的经费,我们就可以做许多像修路一样能够为子孙后代积阴德的事情。十多年了,喜剧作家陈真味先生的这句话始终让我回味无穷。

那天我哭诉时喊出一声姐后,突然想起我另外的一个亲人——我的姐夫,我从已经模糊了的姐夫的身影看到了龙骨村公路清晰的轮廓。我的姐夫准确的称谓是前姐夫,他已经和我的姐姐离婚多年。不过在我的心中他仍然是我的姐夫,就像小时候关爱我的人很多,如今我只记住吃饭时给我夹肉的人。我姐夫是一家经营民用爆炸物品公司的老总,专门卖炸药、雷管和导火线的。我摊开稿纸,我把“读者来信”和那份内参的内容综合起来,结合实际,展开想象,给我的姐夫写了一封信。这封信实际上也是一篇报道,只不过只发给我姐夫一个人看。我在信上请求姐夫利用职权或者协调他手下的几个分公司给龙骨村捐赠一批修路的爆破物品。我恳求姐夫,哪怕给我一包炸药一枚雷管一截导火线也好,哪怕只炸响一炮也行。这炮一响,那是相当于苏维埃十月革命一声炮响啊!我的意图很明确,我们就是要做出姿态来让上级看看,我们都自己动工了,难道你们就不应该扶持?难道你们能见死不救吗?在等待我姐夫消息的日子里,我安排鸟叔和鸟哥去请交通局的人来放线。鸟哥说不用请人,他和鸟叔在扶贫攻坚战大会战开始时就接受了专业的培训,隔壁龙头村那两条路就是他们去设计的。他们决定暂停法事活动,负起村干部的责任,从明天起开始走线。老跛的独仔阿夕则带人到县里购买钢钎铁锤等工具,顺便通知在外面打工的人回来参加修路。老跛心有余悸地问我,文同志,这回应该有把握吧?我告诉老跛,我姐夫是民营企业老板,你一百个相信。我还告诉老跛,姐夫欠我人情,这个人情他是要还的。这个人情就是当年姐夫跟我姐闹得不可开交的时候,我大义灭亲挺身而出,我劝我姐夫忍痛不如解脱,并建议我姐夫另找一个年轻的漂亮的听话的算了。这个建议提出来后,我被姐夫圈子里的朋友称为天底下最开明的小舅子。这是我一生中唯一获得的荣誉称号。后来我姐夫用毛笔在我的这封信上写了一行字:文丕小舅子求援书,并寄给我的姐姐。十多年了,我仍不明白姐夫此举是暗示他还了人情还是旧情未了。我没有经历感情,我以为感情这东西就像炸药的威力一样,炸完就完了。

我姐夫进村来的那天我一点儿思想准备都没有,因为凡是外面的人进到村里来,都是有人带路或者有向导。领导来的向导是那个“迷彩服”,其他人就由村干部带路。我姐夫那天是自己一个人寻路进来的,他像领导干部一样走了许多弯路才进到村里。我姐夫接连喝了两碗开水后说,我给你运炸药来了。我姐夫运来一车炸药、半车雷管和导火线,停在乡政府大院里,由两个押运员看管。姐夫交代我,安排群众抓紧把物品运进来,落实仓库藏好管好(这是当时的情况,现在是不允许将爆破物品运到村里储藏的)。我说姐夫呀姐夫,你真是龙骨百姓的白求恩、山区人民的陈纳德啊！白求恩我姐夫知道,但不知道陈纳德。我姐夫问陈纳德是谁?我说陈纳德就是抗战时期开飞机运炸药去炸鬼子的飞虎队队长,是中国战区人民的姐夫。姐夫给老跛和他的独仔阿夕颁发了爆破证。老跛一生只有两张证件,一张是身份证,一张是爆破证。老跛要杀一只鸡招待我姐夫,我姐夫拒绝了。姐夫对老跛说了句直到今天仍有教育意义的话,姐夫说我历来都是自己买饭自己吃,自己买床自己睡,自己买路自己走。姐夫从背来的编织袋里拿出几包牛肉羊肉和猪肉,交代老跛把村干村民小组长都请来,一是慰劳基层干部,二是感谢村里人对他小舅子的关照。老跛惊愕半天,说我还没见过这样的干部。姐夫说我不是干部,我连党员都不是。我姐夫走后不久,老跛在山坳口上放了一炮,这炮一响,标示着龙骨村公路正式开工了。公路从村部修起,目的地是乡政府所在地清水街。我和老跛商定,发动全村群众，采取“人海战术”，用两年时间把全长十一点六公里的村级公路拿下来。根据安排，我驻村的时间是一年，我决定自己延长自己一年驻村时间，等公路修通了再回单位，我要对得起自己许下的诺言和龙骨人民的鸡肉。外面打工的青壮年男人纷纷回来，全村男女老少齐上阵。村里有三位“活愚公”已七十多岁，也扛着钢钎铁锤上工地，他们在上个世纪七十年代因为挖山不止造梯地而闻名全县。凭着当年他们造梯地的经验，三位“活愚公”成了公路施工技术员。三位“活愚公”认为修公路跟造梯地是一样的，主要把路基砌结实了路就稳固了，把水沟开通畅了路就牢固了。我每天拄着拐杖也到工地去，看到群众打飞锤钻炮眼就有点手痒，我当年读小学五年级下农村参加造田造地时练过飞锤。见我跃跃欲试的样子，老跛说得了吧，你的手细得像鸡爪，还是写你的报道吧。实际上老跛不提醒我，我也会写它一篇消息报道的，因为这是我的老本行。我热爱新闻事业，如果我不出车祸我目前还在报社写我的新闻报道。我虽然调到了文联，我的记者证虽然上缴了，但我还是乐意从事新闻报道工作。十多年后我从央视和《南方周末》上看到反映某地贫困现状的报道，我心里面就想，这些活儿我在十多年前就干过了。经过一段时间观察和思考，我写出了一篇文章《不等不靠自力更生修公路》，如实地反映龙骨人民在上级没有项目安排的情况下，不等不靠不依赖，发扬自力更生艰苦奋斗的精神，自筹资金，自己动手，全民参与修公路。

一杆杆红旗扛进村来，每杆旗子都写了文字，有“青年突击队”“党员先锋队”“巾帼筑路队”等等。红旗后面是一些乡政府和县直机关干部，他们把红旗扎在乱石堆上，然后和群众一起搬石块撬石头。那段时间，工地上红旗招展，人山人海，人声鼎沸，壮志凌云。后面又来了一支“绿帽队”，每个人的头上都戴一顶绿帽子，不论男女老少，帽子上一律写着“青年志愿者”。我在前来参加劳动的人群中见到了调查组那几个人，他们是交通局、发改委和扶贫办的人。那些肩扛摄像机、手拿照相机的记者，始终围着他们不停地拍录。我直到今天才弄明白，那是要镜头。“要镜头”这个词，不是十多年后的今天才有，而是十多年前就有了。我后来还听说，那些镜头除了反映那些部门高度重视扶贫工作、积极组织群众修筑公路以外，还要作为上报项目材料的佐证资料，争取上级拨给项目经费。我姐夫曾跟我讲过这样一件事，他援助某个村修了一条屯级公路后，先后有三个部门去给公路拍照，证明那条公路是他们负责修建的，最后那三个部门都得到了上级拨给的修路经费。不过直到现在我都不知道交通局、发改委和扶贫办后来是否得到上级拨给的经费。我当时只是纳闷，你们不是说龙骨村公路线路长、地质复杂、投入资金巨大，公路项目需要有关部门反复论证才能立项吗？为何现在不需要论证了？难道群众已经为政府论证了吗？我当时如果知道可以这样要镜头，我一定写信给我的上司陈真味主席，请他无论如何要下来一趟，把我们文联那面“文艺志愿者”鲜红的旗子也扛下来，也扎在乱石堆上，让它迎风招展，高高飘扬，然后把各个协会的文艺家也组织下来，也撬它几块石头搬它几块石头，拍它几张照片上它几组镜头，因为真正发动群众组织群众修筑这条公路的单位是市文联，文联才是真正的始作俑者。还有老黄和老章更应该下来,他们吃了龙骨人民两头肥猪十二只山羊三百一十七只土鸡六百三十四斤米酒,他们一块石头也没撬过,一张报纸一个镜头都没上过。十多年后老黄和老章跟我谈起这么一段经历的时候,无不感激我弥补了他们两人的缺憾,给足了文联的面子。遗憾的是,这段经历我后来没有留下一纸文字一页记录。我坐在工地树荫之下独自观察和思考。写新闻报道和写文学作品一样,也是要观察和思考的,用今天的话说就是接地气。我懒得去跟那些要镜头的人打招呼,我有些鄙视他们,十多年前我就已经看不惯这种作秀或者做派。老跛却忙得团团转,他一手提着水壶,一手拿着香烟,不停地给要镜头的人端水递烟。老跛宽阔的政治胸襟和高尚的道德品质,值得我学习。

热闹的场面像一阵风一样过去,工地上最后只剩下龙骨村的群众。命运注定他们一辈子不能作秀,他们手里的钢钎铁锤是实实在在的工具而不是道具。全长十一点六公里长的村级公路,需要他们从山崖上一锹一锹地凿出来,一锤一锤地砸出来。他们每天天不亮就自带干粮来到工地,干到天黑才各自回各自的家。他们一天唯一的休息时间,是放炮时到岩洞里躲避的那一阵子。硝烟尚未散去,他们又冒出来了。他们就像阵地上的勇士,刚刚遭受敌人一阵猛烈的炮击,弹片还在飞舞,他们已经从掩体里冲出来了。老黄不是爱拍电影吗?这样的镜头恐怕他连想都想不出来。修路很苦很累,但没有一个群众有一句怨言。有人手脚被划破了被砸伤了,就撒一泡热尿消消毒,再用烟丝把伤口堵上。农民兄弟的生命力就是这样强大。他们不但没有怨言而且志存高远,他们纷纷向我表示,公路全线贯通后,各个自然屯还要继续修路,一直把路延伸到他们的家门口。十多年了,龙骨人民的硬骨头精神始终感动着我。青年人一面打飞锤,一面跟我了解摩托车的品牌。有几个穿牛仔裤的青年对摩托车不屑一顾,他们说买车就买轿车,骑摩托车是“肉包铁”,开轿车是“铁包肉”。我听不懂这些俗语,但我明白话语里包含着安全的成分。我以自身遭遇过车祸的经历,以血的教训,提醒龙骨村的热血青年,买轿车千万不要买日本人的车,要买就买德国人的车。因为德国车的零部件耐磨抗摔,就像农民的手脚等器官一样结实经打,且维修价格低。

我承认我当年是一个头脑简单的人,当然现在我的头脑也很简单。别人是四肢发达头脑简单,我是头脑简单还跛了脚。当初我给我的姐夫写求援书的时候,应该把公路的里程告诉他(当然当时还没测量出来),还应把需要的爆破物品数量也讲清楚(当然当时我也不知道修一公里的山区公路需要多少炸药)。我当时只是恳求姐夫支援一点儿,哪怕只炸响一炮也行。我太客气了,提的要求太低了,考虑的问题太简单了,没有大局意识,没有全局观念,这就导致公路建设项目带有冲动性、盲目性和不可预见性。公路推进到两公里的时候全线停工了,那时候正是天气最炎热的时候。公路停工不是因为天气炎热而是爆破物品没有了。当我们把两公里的路基路面砌出来后,仓库里只剩下两百枚雷管、大约三十米导火线和一包炸药。我们放了最后一炮后,工地上就没有硝烟了。原先我以为姐夫运来那车炸药足以把公路修通,我后来才知道姐夫运来那车炸药只有四吨。山区公路和平原公路的施工截然不同,山区公路需要劈山筑路,需要炸石填方。那时候还没有挖掘机、勾机、钻机这类大机械(就是有也租用不起),全靠钢钎一眼一眼地钻。岩石是石灰岩,石质坚硬,韧性十足。炸开一炮,就那么几块石头,修一公里的路最少耗费炸药两吨。从这个角度去讲,当时县里有关部门强调反复论证也不是没有道理,最起码我得把上述基本情况弄个明白。按照一公里的路需要炸药两吨这个最低标准计算,龙骨村这条十一点六公里的公路,至少需要炸药二十三吨。姐夫运来那车炸药,我们只能修两公里的路。果然我们修出两公里路后就不得不停工了。后面九公里的里程,最少还需要炸药十八吨。按一吨七千元(时价)计算,需要人民币十三万元,还不包括运费在内。这么一算我的头就大了,十三万元对于市直机关某些部门来说,不算什么大数目,但对我们文联来说那是七年办公经费的总和。如果把这笔钱分摊到龙骨村群众的身上,每个人就是二十块钱。二十块钱在今天不是一个大数目,但在当时对群众来说就是一个比较大的数目。当时龙骨村群众年均纯收入只有三百七十二元,不是现在统计部门计算的那些连童话作家都想象不出来的数据。当时龙骨村的情形是不通路、不通电,一年有四个月严重缺水。向群众摊派绝对不行,要是能行老黄和老章早就摊派了,早就把路修出来了。再向单位求援也不可能,陈真味主席已经把办公经费的一半送来了。考虑来考虑去,我决定再给姐夫写一封求援书。我首先代表龙骨村六千多人民群众对姐夫的无私援助表示衷心的感谢,然后我向姐夫报告我们已经修出两公里的公路,目前爆破物品已经告罄，特派爆破员阿夕带一万元去购买炸药，热忱地希望姐夫按优惠价卖给一万块钱爆破物品，如果条件允许，请求姐夫再支援一车炸药，龙骨人民永远像感激白求恩、陈纳德一样感激你，我敬爱的姐夫。

阿夕要动身去买炸药的头天晚上，老跛家里来了几个人，除了村干部鸟叔和鸟哥外，还来了一位叫陈水贵的"活愚公"。这是公路停工后我们召开的一次村委扩大会议。一万块钱虽然是陈真味主席留下的办公费，但既然给了村里那就是村里的钱了，动用这笔钱得在村委班子会上通过。那晚老跛的独仔阿夕捕得两只果子狸，果子狸没听到炮声以后就出来活动，结果让阿夕逮住了。阿夕把果子狸装到一只铁笼里，准备明天去买炸药时作为礼物送给我姐夫。铁笼里的果子狸不停地发出哀鸣，如果不是为了炸药我绝对叫阿夕把它们放了。我说出购买炸药的想法后，老跛就用一只残缺不全的算盘计算一万块钱能买多少炸药，"活愚公"陈水贵掰着手指先算出来了，他说就是能买到两吨，再加上姐夫同志支援一车，也就是六吨炸药，六吨炸药我们也只能修三公里的路。"活愚公"陈水贵建议，我们不如用这一万元买十几吨硝铵(硝铵时价五百元一吨)，再买一些柴油，然后发动群众筹集木屑，我们自己加工炸药，再买些雷管和导火线，这样我们就可以解决公路所需的爆破物品了。"活愚公"陈水贵说当年我们造梯地，上级哪有爆破物品给我们，我们都是自己加工的，连导火线也都是自己加工的，县里为此还表彰了我们，把我们的经验向全县推广。什么叫车到山前必有路？这就是车到山前必有路啊！我激动得连忙给"活愚公"陈水贵敬一支烟，自己也点燃一支,刚吸一口就咳得流出眼泪,却是欣喜的泪。

阿夕不去找我姐夫了，他带一帮青年到清水街去买硝铵。硝铵乡供销社有库存,柴油也有,都不用到县里去买,这就省了运输费用。原先我担心木屑奇缺,没想到一发动群众就一担担地挑来了。三位“活愚公”在村里的一片空地上搭起棚子,埋了三只平常酿酒的大铁锅,开始加工炸药。三位“活愚公”把硝铵和木屑倒进铁锅里,再拌上柴油,操起锅铲均匀地翻炒。这时候另一个问题又从我的脑子里冒出来,这个问题就是安全问题。我知道这样加工炸药,如果技术掌握不好就会爆炸的。我听过一些地方私下加工炸药引起爆炸的案例。三位“活愚公”娴熟地操着锅铲,一面翻炒原料一面安慰我,说有危险也有危险,说没有危险也没什么危险,关键是火候要掌握好,火候掌握好了,就什么危险都没有了。陈水贵说当然啦,人世间危险无处不在,就是跟老婆睡觉也是充满了危险,你突然一个梗塞就死在肉上。听陈水贵这么一说,我又提心吊胆起来,那些日子我战战兢兢,如履薄冰。第一批炸药加工出来后,老跛迫不及待地拿到工地放它一炮。我们集中到对面的山腰去观看实验,我当时的心情就像多年后我看神舟飞船发射时一样。老跛点燃炮眼的导火线后,一瘸一瘸地从容离开。我们在很远的地方清晰地看到导火线冒出的青烟,我们等了蛮久没有听到爆炸,以为实验失败了。大伙捂住耳朵的手刚一松开,轰的一声响了,瞬间山摇地动,硝烟弥漫。“活愚公”陈水贵扯着我说,你闻一闻味道,是不是跟你姐夫的炸药一个味道？炸响我们自己加工的炸药的那天晚上,按捺不住兴奋的我连夜写了一篇文章《自制炸药修公路》。文中我以生动的笔墨,入木三分地刻画龙骨人民的聪慧果敢和自强不息。我甚至还炫耀他们自己加工的炸药,比国家制造的炸药更具威力。如果说先前我写的《不等不靠自力更生修公路》没有什么想法的话,那么这篇《自制炸药修公路》我是有一些想法了。我除了真实反映龙骨人民勤劳勇敢以外,还想唤起人们对龙骨人民的同情,从而获得有关部门的支持,因为群众自己加工爆破物品毕竟不是一件稳妥的事情。这不是十多年后的今天我才有这种意识,而是当时我就有这种意识了。

村里来了十几个穿制服的公安干警,开始我以为公安干警也是来要镜头的就没理睬他们。当我看到他们的手枪凛然地挎在腰间的时候,我一下子就感觉不对劲了。我立即分析情况,我认为一定是村里哪个青年在外面干了抢劫杀人的勾当,让广东公安追到村里来了。我听老跛讲过这样一件事:村里一个青年偕女友去东莞打工,女友见钱眼开跟了工厂老板,气红了眼的青年一刀杀了女友。头晚他刚逃回村里,次日广东公安就追上门来了。公安干警一上到工地,就叫所有的人停止干活,全部来到村小学操场集中,说是要了解情况。操场上陆陆续续挤满了群众,十几个公安在四周警戒。一个看似领队的公安跳到乒乓球桌上,开口就问:哪个是负责制造炸药的,请自觉站出来!我一听就什么都明白了,原来是我把公安引来了,我写的那篇《自制炸药修公路》的报道把公安引来了。同时我也是在那一瞬间反应过来,自制炸药是犯法的。我这个跛脚记者摊上大事了,我的报道《自制炸药修公路》惹出麻烦了。我的报道不但没有唤起人们对龙骨人民的同情,反而把公安引来了。公安来了是要抓人的,抓了人了炸药还能加工吗?炸药不能加工了,公路还能修吗?完了,完了,一切都完了。十多年后的今天,我一直都为那篇《自制炸药修公路》的狗屁报道后悔不迭。当时如果我不写那篇报道,就不会发生后面一系列的事情了。

我从人群中站出来,支着拐杖对乒乓球桌上的公安干警说,我是市委派来的工作队员,炸药是我组织加工制造的,资金是我单位提供的……还没说完,老跛已抢到我前面,他说公安同志,这事跟文同志无关,这事是我具体组织的,我是龙骨村的主任。两位公安刚掏出手铐,三位"活愚公"从工棚里冲出来。陈水贵手里抄着一把锅铲,他说放了他们,炸药是我们三个老家伙炒的,我带你们去看现场。公安干警一进工棚,就把铁锅里半成品的炸药铲起来,装到化肥袋里去。老跛冲上前去,一把抢过化肥袋。他说你们可以抓我去坐牢,但炸药你们不能拿走,我们还要修路。"活愚公"陈水贵说公安同志,请你们放心,我们搞炸药不是炸人,是炸石头的,如果你们不相信就守在这里监督我们嘛。领队的公安说你们真是法盲,私制炸药是犯法的。陈水贵说我过去就是制造炸药的,还当过劳动模范。领队的公安说,过去是过去,现在是现在,过去自制炸药你是模范,战争年代你自制炸药可能还是战斗英雄,现在你自制炸药就是犯罪嫌疑人。老跛还抓着那只装了半成品炸药的化肥袋不放,他说你们不给我们炸药修公路,我们自己加工炸药修公路你们又不许,你们到底想干什么?领队的公安先是一惊,然后咔嚓一声就给老跛扣上手铐。一名公安干警准备给我上铐时征询旁边的同事,残疾人是不是不用铐？我说我不是残疾人，你给我铐上吧。公安干警抬着三只装了“证据”的化肥袋，把我和老跛带出村子。在被公安干警带走的路上，我突然想起那座天桥。我想如果天桥还在那该多好啊！我和老跛就把公安干警引到天桥去。我想公安干警通过那样一座险象环生的天桥后，绝对会对我们自制炸药的行为表示理解和同情，说不定到天桥那里就放我们回来了。可是，天桥已被我督办拆除。十多年了我一直为拆除天桥而自责。

从拘留所出来的第一个感觉就是这个世界变化太快了，我刚进拘留所时人们腰带上还别着BP机，从拘留所出来后我发现很多人手上都拿了大哥大。实际上我和老跛在拘留所待的时间不长，我们只待十五天就被释放了。我知道这已是最轻的处理了，要是严肃追究起来，就是不判刑起码也要劳教。要是放到今天来，我和老跛至少得蹲五年以上的牢房。我的一个在县里搞建筑的友仔到拘留所迎接我和老跛，他在我面前很神气地用大哥大打了一通电话，把我和老跛带到“小角楼酒店”。我说不就是吃一餐饭嘛，有必要这样大呼小叫吗？友仔说等下你就知道了。才坐下不久就有三个女孩进来，包厢里散发着刺鼻与诱人的香水气味。友仔指着其中一个高挑的女孩说，除了这位以外，其他两个任由你们挑选。我对友仔说，今天我和老跛只想吃肉，我们已半个月没闻到肉味了。友仔说我知道，刚从里面出来的人都是这样的愿望，生肉熟肉都想吃个够。三个女孩分别挨着我们坐了，我说有这样吃饭的吗？友仔说现在都流行这样吃了。我是落伍了，我的拐杖无法助推我赶上时代的步伐。后来我才知道这是“三陪”之一——陪吃。十多年前的那个年代有那么一段时间,在酒楼里吃饭都是这样吃的,一个客人由一个女孩伺候。如果你请的是一桌饭,最后就会变成两桌饭。看到这种场面我就想起我的上司陈真味主席来,我是一个有好事就会想起领导的人。我不知道陈真味主席享受过“三陪”没有,我只知道在文联这样一个单位,陈真味主席不但犯经济问题难,犯作风问题也难。我觑了老跛一眼,老跛正从容不迫地啃一只“女友”夹给他的鸡腿。我心里踏实了,说明老跛已欣然接受我的报答。我出拘留所打友仔的寻呼机,要他安排这一餐饭,目的就是要报答老跛。没想到友仔还安排了“三陪”,我心里就更踏实了。十多年了,我一直认为从任何一个角度去讲,老跛都是因为我才进拘留所的。进到拘留所后老跛时时刻刻保护我免遭狱霸的调戏。我看上去可能更像个小白脸。我承认我驻村以后,我和老跛结下了深厚的情谊。我们本来就是难友,后来是狱友,最后变成战友、真正的战友。

友仔用他的陆地巡洋舰把我和老跛送到清水街,然后我和老跛一瘸一瘸地走回龙骨村。在天桥遗址边上,我呆坐许久,直到老跛拉起我,我才跟他沿着山崖边的小路继续进村去。回到村里,人们早已等候在老跛家里,似乎他们已料到我们那天会回来。那晚在老跛家里,我们召开了一个专题会议,会议的议题是:还炒不炒炸药?“活愚公”陈水贵首先向我和老跛表示慰问,说你们受苦了,然后表示歉意,说本来是他们三个老家伙去坐牢的,没想到公安同志嫌他们老了。陈水贵说没想到坐牢和提拔一样,都有年龄规定,年纪大了提拔不上去，年纪大了只要不是巨贪和命案，这牢狱之灾都可以免了。陈水贵脸上流露出遗憾的表情，他说他快八十了，这辈子只有两处地方没造访，一处是监狱，一处是阴间天堂，阴间天堂很快就要奔赴了，唯独这监狱没有机会造访和考察，实在是人生的一大憾事，陈水贵说下次再有这样的机会，希望我和老跛谦让一下。话题转到会议议题上，陈水贵建议，我们继续炒炸药吧，反正公安不可能天天来监督我们，就是来监督我们，也有办法应对，我们每天派人到山坳上去放哨，发现可疑的人进村来就报信，过去电影里的人都是这样干。鸟叔接话说，乜鸡屯有个鸳鸯洞……鸟叔忽然打住，瞄了老跛一眼，老跛就是在那个鸳鸯洞与寡妇幽会时中了她的两个儿子的埋伏。见到老跛没什么不良反应，鸟叔继续说下去，他说那个鸳鸯洞既宽敞又干燥，而且隐蔽，在里面炒炸药绝对安全。鸟哥却表示了他的担忧，他说最隐蔽的地方不是密洞，而是人的嘴。他说全村六千多张嘴，谁能保证每一张嘴都像死鸡嘴巴紧闭，密不透风？鸟哥一说完，陈水贵就质问他，这个也怕那个也怕，路还修不修？没有炸药，我们拿什么来修！说心里话，我当时的态度倾向于继续炒炸药这个观点，而且我愿意像过去的儿童团员一样每天到山坳上去放哨。鸡叫第三遍了，会议还没讨论出结果，据说这是龙骨村有史以来开得最久的一次会议，就像现在我们的很多会议一样。大伙哈欠连天时老跛终于说话，他说炸药不炒了，起码不能马上就炒。后来事实证明老跛的决策是正确的。老跛是有卓识远见和丰富的斗争经验的。我后来知道自从报纸登出我的那篇报道，县里对龙骨群众自己加工生产炸药的行为高度重视，明确要求把这种行为扼杀在萌芽状态。我和老跛被关进拘留所期间及释放以后，有关人员会同公安干警先后几次突袭龙骨村,他们都是半夜来的,看看村里是否继续加工炸药。有关部门还指示县乡供销社,禁止销售硝铵给龙骨村群众。用今天国际通用的一句话说,就是制裁了,就像制裁嚷着要搞核武器的国家一样。鸟叔没有目标或者对象地问了一句,公路暂时不修了,那返乡的打工青年是不是让他们回去？想到修路半途而废,我心里有些不甘。我支着拐杖站起来,我说我有个建议大家是不是考虑一下。我说这些话可能不好听,但我还是要说一说,以往大伙外出打工,都是为自己为家庭打工,我们这次能不能集体组织出去,集体为村里为公路打一次工,赚得的钱一分为二,一部分归个人,一部分给公路买爆破物品。我知道这是一个敏感的话题，实际上也是一种变相的摊派行为。没想到我的建议得到了大家的支持,老跛的独仔阿夕第一个表示赞同,阿夕费了很大的功夫才说清楚他的一个兄弟在省城城郊有一个林场,前几天正联系他找人去砍树,一人一天可以拿到一百元。阿夕虽然语言表达有些困难,却长得结实强壮,要不是左脸眉骨上有一处明显的刀痕,简直就是一个帅哥了。当然也有女孩倾心于那种刀痕,那是担当和奋不顾身的象征。阿夕比我小十岁模样,他原先在东莞给一个老板当保镖,老跛让那寡妇的两个儿子打伤了腿之后他就从东莞回来了。会议最后大家达成共识,全村青年集体到林场砍树,先派阿夕到林场打前站,众人随后进场。

我是阿夕出门的那天临时决定跟他到省城去的,那天我突然感觉右腿离开拐杖之后无法站稳,我决定到省医科大附属医院让我的同学看看,是不是小腿上的钢片移位了。我车祸后第二次手术是省医科大附属医院的同学做的,这位同学是我的高中同学,当时既是医科大的教授,又是附属医院的主任医师。就这样我跟阿夕同路去了省城。阿夕提着那只铁笼,铁笼里的两只果子狸还活着,尽管它们不吃不喝绝食抗议快一个月了。在山坳口,阿夕打开铁笼,放了那两只果子狸。那天公安干警把我和老跛带到拘留所的时候,我就觉得我和老跛就是铁笼里的果子狸。我后来知道这两只果子狸是阿夕专门为我捉的,他以为干部都爱吃野味,但他不知道我不是干部,也不爱吃果子狸的肉。阿夕以前也为老黄和老章捉过果子狸,由于数据不是很准确而且涉及国家保护动物甚至触犯了刑律,所以我在前面就没有把果子狸也统计到老黄和老章在龙骨村所吃过的肉类之内。我和阿夕在省城汽车总站分手,然后阿夕去城郊林场,我去医科大附属医院。哪想到我和阿夕这么一别,竟是生死永诀。

那天我刚躺到手术台上,准备接受同学的治疗,我的小腿旧伤复发了。我的寻呼机突然鸣叫起来,已戴上口罩和手套的同学极不情愿地拿来我的寻呼机,我说还麻烦拿你的大哥大来。电话里我听出是鸟哥的声音,他语无伦次地告诉我,阿夕出车祸了,他们现在城郊的滨江医院。我从手术台上跳下来,单腿跳跃去穿裤子。我对同学说我驻村的一个农民兄弟在省城出车祸了,我得马上过去看看。同学亲自开车送我到城郊那个滨江医院。在那里我见到了鸟哥和两个村民。一个和阿夕年龄相仿的小个子青年介绍车祸经过:前天傍晚小个子青年和阿夕坐摩托车从林场回城郊的租屋,摩托车由阿夕开着,小个子青年坐在后面。阿夕在避让一辆逆行的自行车时,摩托车撞到邕江大桥护栏上,小个子青年当场被摔得头破血流,阿夕却毫发无损。小个子青年说阿夕继续开摩托车送他到滨江医院后突然倒地不起, 医院经过一番抢救后,宣布阿夕不治身亡。小个子青年分析说,阿夕受的应该是内伤。我问阿夕他人现在哪里,小个子青年说医院不给我们看,说要交三万元医疗费后才能拿尸体去火化。鸟哥说昨天我们筹了一天只筹得一万元,刚才我去交了,他们不要,说交够三万元才给人。我说走,我们去找院长理论。才走几步,几个穿制服的保安提着警棍气势汹汹地奔过来。同学在身后喝住我,回来! 一把将我扯上车子,又招呼鸟哥他们也上了车。在车上,同学说你们人生地不熟,硬拼不是办法。同学劝鸟哥他们先返乡,后事由他想办法帮助解决。

两天后在同学的家里, 他问我阿夕身上有什么明显特征。我告诉他阿夕的身高体型,说阿夕左脸眉骨上有一处明显的刀痕。晚上同学回来,告诉我一件至今都让我感到震惊的事情:滨江医院见家属拿不出三万元就把阿夕的眼角膜卖给了医科大。但我没有证据,我只见了他的尸体,缝了针线的尸体。同学见我的眼睛鼓得像两只弹珠之后就说,病人的遗体如果其家属不来处理,医院自然有他们的处理办法。我说家属不是来处理了吗?我们不是送医药费来了吗?同学说可是你们没有交够钱。我说交不够钱就可以随便卖他器官吗?屠宰场处理瘟猪都还向农户通报呢,你们医院怎么连个屠宰场都不如。同学说我又不是那家医院的,你跟我发脾气有什么用。我说不管怎么样,这个阿夕我是一定要带回去的,我就是去抢也要把他抢出来。同学说你抢？你连影子都见不到。同学劝我尽早把手术做了。我说这个阿夕弄不出来，我这条腿就不治了。我哀求同学道，我应该怎么办？同学说这个问题应该问你自己，这是你要思考的问题。同学脱下身上白大褂，抖了两下挂到墙上，提示道，你不是干记者的吗？我垂头丧气道，我现在不干了，我调到文联来了。同学又提示道，你不干记者了，可你的记者朋友呢？我一听，茅塞顿开。当天晚上，我的一位在省城《南城晚报》当记者的朋友，穿上同学的白大褂，顺利进入医科大解剖室。次日，《南城晚报》二版头条就登出一篇报道。过后我想，当时我的同学做出那样的举措需要多大的胆量啊！他把自己的前途命运都押在一具与自己毫无关系的农民群众的尸体上了。要知道一旦事情泄漏，他在医科大附院可就待不下去了。不过我这位同学现在已经当上医科大附院的院长，不用担心或者考虑被别人处理，他现在要考虑的是如何处理别人。

我没想到阿夕背我出村去，最后我背他回村来。那天我和阿夕在山坳口放走那两只果子狸后，我的右脚再也迈不开了，阿夕一蹲就把我背到他厚实的背上，一路把我背到乡政府所在地清水街。阿夕背我时我是一个活人，我背阿夕时他是一袋粉末。那篇《医费付不起，器官被卖掉》的报道登出来后第七天，滨江医院一名代表通过《南城晚报》的记者朋友找到我，愿意跟我谈判妥善解决这件事。那时我已临时从附属医院转移到一家名叫南园的私人宾馆，目的是避免医科大附院的同学受到牵连。我明白滨江医院跟我谈判是因为那篇报道里的一句话：死者家属表示，如果死者遗体得不到妥善处理，他们将诉诸法律，与院方对簿公堂。显然院方不想打官司，他们想私下协商解决。在南园宾馆，我作为阿夕家属代表跟滨江医院代表进行了谈判。《南城晚报》的记者朋友作为中间人，参与整个谈判和阿夕后事处理的全过程。十多年过去了，我一直感念《南城晚报》这位叫莫晓成的记者朋友，他正直善良，敢作敢为。十多年了，我们一直保持密切的联系和友好往来。谈判结果，滨江医院负责阿夕遗体火化，并赔付转卖阿夕器官的全部所得。拿到阿夕骨灰后，我迫不及待地坐上返回龙骨的班车。

我背着一只装有阿夕骨灰的布袋，一瘸一瘸地走在羊肠小道上。我一路走一路跟阿夕说话，一路向他检讨。我说阿夕，是我害死了你，你才二十二岁，你还没谈恋爱，你还没尝过女人的滋味，你白白地做了二十二年男人，这辈子我欠你一条命，欠你老爸一笔我这辈子无法偿还的债。我说阿夕，如果我不来龙骨我就不知道天桥，不知道天桥我就不会写那篇《一座天桥连接山外的世界》，不写那篇《一座天桥连接山外的世界》上面就不会下令拆除天桥，天桥不拆除我就不会写信跟我姐夫求援，我姐夫不支援炸药我们就不会修路，不修路我们就不会自制炸药，不自制炸药我就不会写那篇狗屁的《自制炸药修公路》，不写那篇狗屁的《自制炸药修公路》公安同志就不会来没收我们的炸药，公安同志不没收炸药我们就可以继续修路，继续修路你就不用到林场去联系砍树，不到林场去联系砍树你就不会出车祸，不出车祸你就像我一样活着，顶多像我一样跛了一条腿。我说阿夕，你骂我吧，你咒我吧，你把我的魂魄也收去吧，我与其这样愧疚地活着，不如痛快地死去。天黑时我倒在老跛家的门前，我用最后一丝力气对老跛说，我把阿夕背回来了。

老跛连续三天三夜守在我的床前，见我终于清醒过来，老跛惊喜万分。老跛说文同志，你总算醒过来了，要是你还昏迷不醒，要是你有什么三长两短，我该怎么跟陈主席交代？该怎么跟市委交代？我的眼泪扑簌簌地滚落下来，我泣不成声道，老跛啊！这不是你要说的话，而是我要说的话，现在阿夕没有了，我该怎么跟你交代呢？我的眼泪一直流个不停，老跛用毛巾为我擦了一遍又一遍。老跛说文同志，我晓得你对阿夕好对阿夕亲，但人死了不能复活，你不要过于伤心。老跛说毛主席讲过了，要奋斗就会有牺牲，毛主席一家为革命牺牲了六位亲人，他的宝贝儿子毛岸英牺牲在朝鲜战场了，开国大将徐海东家族牺牲了七十多人，贺龙元帅的贺氏宗亲中有名有姓的烈士就有两千零五十个，相当于我们龙骨村一个片的人数啊！老跛说文同志，我晓得如果没有你阿夕是弄不回来的，你肯定费了很多周折花了很多的钱，我没有钱还给你，但我会永远铭记你的大恩大德。我从裤袋里掏出一本存折递给老跛，这是医院赔给你的，上面有五万块钱(滨江医院扣除阿夕抢救费后的余额)。老跛愣住了，他说阿夕不是欠医院的医疗费吗？怎么还会给我们钱？给这么多钱。我把滨江医院违规及整个事件处理的经过一一地向老跛做了通报。我说老跛，医院欠你的偿还给你了，我欠你的我一辈子也还不了。我从床上滑到床下来，扑通一声给老跛跪下，老跛一把扶住我，文同志你怎么能这样呢？怎么能这样呢？难道你要我也给你跪下吗？我也想给你跪下，就怕我这把年纪给你跪下会折你的寿，就怕你受不起！

我决定回单位疗养一段时间，我无法每天一开门就看见阿夕的那座坟茔，看见一个活泼的生命戛然而止。我不忍心看见那条逐渐延伸到山坳口的公路，忽然停滞不前。再说我又没有老黄和老章的艺术专长，我不会编剧不会画画，我除了会写"豆腐块"别的什么也干不了，因而我待在村里暂时没有什么事情可做。老跛把我送出村去，老跛安慰我，你放心疗养吧，把腿伤彻底治好，不要像我一样留下后遗症，你想什么时候回来就什么时候回来，龙骨村民随时欢迎你回来，如果你不想回来了就捎句话来，我把你的行李给你挑回去，你的考勤我保证给你填满勤，我给你写最好的鉴定，我是不像你会写，我请村小学谭老师给你写，谭老师也在报纸上登过几篇文章，当然无法跟你相比。老跛继续说，抓紧时间谈谈恋爱，你都三十好几了，也该有个女人照料你。说到恋爱，我又想起阿夕，阿夕还没恋爱就没了，禁不住眼泪又流了下来。老跛见我伤心不已，以为触到我的旧痛就连忙安慰道，不谈就不谈吧，一个男人没有女人还不照样活着，那天你友仔安排的女孩那么水灵，我见你瞅都没瞅一眼，本来我是想进到那个房间去的，见到你坚定的立场就打消了念头，其实人生有些事情咬咬牙就过去了。老跛开导我说，人世间各人有各人理想的乐园，各人有各人乐于安享的世界，各人有各人追求的方向，不必抱怨命运，也无须艳羡别人。我很想问问老跛，你理想的乐园，你乐于安享的世界和你追求的方向是什么。老跛没给我提问的机会，他再次提起了阿夕。老跛说我曾经为他考核一个女孩,你看他怎么个态度?他说他不想恋爱,因为恋爱了就要结婚,结婚了就要生小孩,生了小孩后鸡腿他就只能吃一个了。我不禁笑出声来,我已经半年时间没有笑了。老跛又说起他的爱情。老跛说有一年他委托邻家二伯娘又目测了一个寡妇,那晚他杀了一只鸡准备请二伯娘来吃饭,商量第二天去提亲。那个寡妇有四个小孩,小孩总数比原先那个寡妇的翻一番,加上他和阿夕,如果组建家庭,他们这个家就有七口人,老跛杀了那只鸡,分到七个小碗去,老跛发现他和阿夕每人碗里只分得三块鸡肉。结果老跛推开后门,对邻家二伯娘喊了一声:二伯娘!原定计划推迟,项目重新论证。我再次笑出声来。老跛说这个项目直到现在我也没论证下来,就像我们的公路一样还需要反复论证。老跛说我认为一个家庭也好,一个民族也好,一个国家也好,自己的问题没有解决稳妥之前,不要谈统一的问题。老跛还没说完,我已笑出泪来了——老跛是一个很有趣味很有思想的人。

老跛送我过了一个峒场又一个峒场,最后老跛一直把我送到清水街。我至今都想不清楚老跛那天为什么送我送那么远,送了一程又一程,难道老跛认为我到市里就不再回来了吗?我为此曾经问过老黄和老章,我说你们每次出村老跛是不是都送你们到清水街?老章有些嫉妒道,我们哪里有你那样的福气,当然每次老跛也送我们到山坳口。分手时,老跛对我说文同志,你为村里开辟的这条路,我们一定坚定不移地走下去。我盯了老跛一眼,我说这个时候你还有心情开玩笑,把我当作伟人来调侃,再说你这个调侃也太不靠谱,我们的路才修了两公里。老跛说那就继续修下去嘛,不管遇到多大的困难。我当时认为老跛是在安慰我，让我放心疗养。要知道炸药都没有了，他们还修什么路？这条路恐怕是要慢慢地等下去了，就像陈真味主席说的那样，要等待到机会来了等到条件成熟了的那一天，等到县里有关部门把公路项目反复地论证好了。我没想到老跛送我出村来的那天就下了决心继续把路修下去，我没想到老跛竟然把阿夕那五万块钱拿去购买炸药，我更没想到我从市里再回来的时候竟是给老跛送别。十多年后老章给我相面时对我戏谑道，文丕你有将军相，有人愿意跟你冲锋陷阵流血牺牲，如果在战乱年代你绝对是个草莽英雄，可惜你生不逢时。老章在画像的时候学会了相面，他给老黄和陈真味主席都相过面，不知道他给他自己相过面没有。

重新回到龙骨村的那天，我老远就从山坳口上听到轰隆隆的炮声，然后我看到工地上密密麻麻的群众，我又看到了三位“活愚公”，他们在钻炮眼凿岩石砌路基。我另外还看见了三个人，就是“小角楼酒店”里的那三个女孩。哎哟！我的姐，这个世界真是太小了。三个女孩穿的是粗衣粗裤，还戴着手套，她们竟然回乡参加公路建设了。真是国家兴亡匹夫有责啊！老跛见了我，麂皮似的脸上露出一缕不自然的笑。我当即问他，你们炒炸药了？老跛说哪敢，再说也买不到硝铵。我问那炸药从哪里来？老跛搓着手，吞吞吐吐地，县……县里拨来了一点儿。我说废话，你们炒就炒了，你担心我写报道啊！我不会写了的。我发誓不再写报道了。

晚上在老跛家里，鸟叔告诉我内情，老跛用阿夕那五万块钱去买了爆破物品，买了五吨炸药一批雷管和导火线。鸟叔说，是老踱自己一个人去买的爆破物品，我们去乡里搬运时老踱还说是县里拨下来的，我问了你姐夫的押运员，才晓得是老踱掏钱买的。老踱警告鸟叔，你少讲两句行不行，你又不是在念经。鸟叔说我就是要讲，我就是要告诉文同志。我听了就有些不舒服，不是一般不舒服，而是很不舒服。至于为什么不舒服我说不清楚，总之我不认为这是老踱的革命行为，我认为这是老踱对阿夕生命的不珍惜，但我说出来时变成了老踱对我维权结果的不珍惜。我说老踱你脑子进水了是不是？你老糊涂了是不是？你以为我讨回这笔钱很容易是不是？我说谈判那天要是没有那个记者朋友，恐怕我也跟阿夕一样人间蒸发了。我想起那天谈判的情形，那天本来说好我跟滨江医院的代表单独谈，没想到谈判还没开始，宾馆会议室突然来了几个戴墨镜的人。记者朋友当即拿出大哥大，迅速拨通一个号码，不到十分钟就来了十几个同行，那几个戴墨镜的人才悻悻地离去。我说老踱你不要以为这五万块钱不珍贵，这是阿夕的一条命。事实上我要表达的也不仅仅是这个层面的意思，我想提醒老踱仔细地打量一下他的这个家。他每天天不亮就出门，天黑才进家，也许就不曾仔细打量过自己的家。我倒是经常替他打量，他这个家是用油毛毡、炸药箱纸和竹条围成的，家里最贵重的物品是一只铁壳暖水壶和老婆留下的一台旧缝纫机。老踱沉默良久，小声对我说，是阿夕叫我拿这笔钱去买炸药的，你回市里疗养的那天晚上他托梦给我，还说你同意他这样做了。我沉默了，大伙也都沉默了。我无法深究更无法回应老踱的这句话，这句话可能是真实的，也可能是老跛的错觉或者老跛的思想境界。沉默了一下我说，我这是在犯错误，我一来村里就做出错误的决策，匆匆忙忙地修这条公路，整条公路需要多少资金我都没搞清楚，我这是盲目的行为，我总以为我们的一切努力和付出以及我们的顽强斗志终会感动上帝，感动上级，结果只感动了我们自己。我说老跛现在你又犯我同样的错误，你把五万块钱投进去，到头来我们最多也只能修六公里的路出来，这路还是断头路，还是望不见尽头的路，所以目前的情况决定我们只能等待，耐心等待。老跛反过来教导我，他说文同志，你的分析很现实，很实事求是，但我们不能一味地等下去，等是没有希望和结果的。路既然已修到这个地步，能推进一米就是一米，能推进一公里就是一公里，我相信最后公路会修到清水街。老跛说所有事情到最后都会好起来，如果还不够好，那说明还没到最后。十多年了，我依然清楚地记得老跛的这句话，或者说这是老跛最让我感佩的一句话，一句很富有哲理的话。

老跛比前段时间还要忙，前段时间是他和阿夕两人一起放炮，现在是他一个人放。前段时间一次放五六眼炮，是他和阿夕两个人一起点火，现在是他一个人点火。我找来鸟叔和鸟哥商量，我说你们两个协助老跛，他一个人点火不安全。老跛拒绝了，他说他们两个没有爆破证，没有爆破证是不能爆破的。我说不是还有阿夕那本证吗，你给他们其中一个就是了。老跛说不行，这爆破证不是随便可以给的，要经过你姐夫那里培训才能拿到。多年后我问我姐夫，我姐夫说老跛和阿夕根本就没到他那里培训过，不过我姐夫承认他的确跟老跛讲过那些话,而我姐夫之所以给老跛和阿夕爆破证是因为他们有爆破经验。隔壁龙头村修公路时,老跛和阿夕去指导过爆破作业。老跛不同意鸟叔和鸟哥跟他放炮,是因为鸟叔和鸟哥从未放过炮,没有经验。关于这一点后来我在文字中提炼为"哪里最危险,哪里就有他"。至于有人说老跛放一炮得十块钱,那是搓麻将的人没有良心的胡说八道。老跛把儿子尸骨的钱都贡献出去了,他还计较放炮的钱吗?再说当时谁拨给过龙骨村一分钱?

那天中午,老跛在工地上喊放炮啦!放炮啦!我和鸟叔、鸟哥躲到一扇岩洞里,那天老跛要放四眼炮。前段放炮时我不是躲到岩洞里去,而是坐到对面的山腰去观赏。我喜欢看老跛和阿夕用香烟点燃导火线后从容离开的情形,他们都不奔跑,只是走得稍微快了一些。尤其是老跛,依然是一瘸一瘸的,从容不迫,有点像表演一样,吊人心神。要是我绝对跑得屁滚尿流,当然,我无法跑得起来。我喜欢看那炮眼轰然炸开的景象,我喜欢看石头掀起来后,石块漫天飞舞,我喜欢倾听爆炸的声音,喜欢那种地动山摇的感觉。我发现那些炮眼总是先炸开然后才炸响,我不知道这是物理现象——我是一名蹩脚的文科生,除了新闻六要素以外我什么都不懂。然而与前段时间不同,我现在有一种莫名的紧张,我在岩洞里竖着耳朵等待炮响。轰!第一炮,我在心里数着。轰!第二炮,我在心里数着。轰!第三炮。我等待第四炮。第四炮没响,不久就听到老跛的喊声,哑炮了!大家都不要出来。我的心一下子提到嗓子眼上,这是修路到目前为止唯一发生的一次哑炮。哑炮也叫瞎炮或者盲炮,有很多术语。哑炮了就要排除,排除哑炮是很危险的一件事,就像排雷一样危险。我后来曾专门问我姐夫哑炮发生的原因,我姐夫认为导致哑炮通常有三种可能,一种是导火线突然燃烧中断,一种是雷管失效,还有一种是硝铵炸药遇水失效。姐夫告诉我处理哑炮时不能用镐去刨炮眼取出起爆药卷,不能从起爆药卷中拉出雷管,不能用打眼的方法往外取出起爆药卷等等一大堆这不能那不能,就是没有告诉我处理哑炮的办法,当然告诉我也没有用了。我是一个讨厌马后炮的人。我在焦急不安地等待中,听到轰的一声巨响,然后我就等待老跛的哨子声。每次放完炮后,老跛就会吹响三声哨子,嘀!嘀!嘀!那只哨子是老跛从村小学谭老师那里借来的,是一枚铜壳哨子,哨肚里有一粒跳丸。人们一旦听到这三声哨响,就知道尘埃落定了,可以走出岩洞了。我等了蛮久,始终没有听到老跛的哨子声。我突然意识到出事了,我从岩洞里冲出来,大喊一声,老跛!鸟叔和鸟哥也跟着冲出来,老跛!接着漫山遍野喊声一片——老跛——老跛!在事故现场,众人扒开砸在老跛身上的石块,扒出血肉模糊的老跛。老跛!我一下子扑到他的身上。我一声接一声地呼唤老跛,我对着他的耳朵喊——老跛!我对着他的心口喊——老跛!最后,我仰头对着湛蓝湛蓝的天空喊——上苍!你还给我老跛!我喊哑了嗓子喊累了身子,老跛再也没有醒来。我突然发现挂在老跛脖子上的那只铜壳哨子,竟然完好无损。按照村里的风俗,老跛属于意外亡故不能在家里停留,当天村里人就将老跛下葬了。

我在老跛家里为他设立一个灵位,村小学谭老师写了一副工工整整的对联,贴到灵位的两侧。上联:老跛辞尘从此音容难再睹。下联：村民垂泪而今头雁何处寻。我不懂对联不懂韵律，无法对谭老师的这副对联做出点评。我只觉得按照对联的含义，灵位上应该有一张老跛的遗照。我把老跛家里的一个柜子摸了一遍又一遍，我翻遍老跛衣物所有的口袋，把老跛平常外出背的那只洗得发白了的布包抖了一遍又一遍，我没有找到老跛的一张照片。最后我把希望寄托于搁在老跛床下的一只密码箱上，这只密码箱无疑是老跛某次开会或者获奖的纪念品。我在谭老师、鸟叔和鸟哥的旁证下，撬开那只密码箱，翻遍密码箱的所有夹层，还是找不到老跛的照片，我只找到那本我从省城带回来的存折和一本笔记本。我有些恨老章了，老章啊老章，你给村里人义务画了那么多的画像，我没有话说，可是你吃了老跛那么多的猪肉、羊肉和鸡肉，你在老跛家睡了一年时间，你为什么就不能给老跛画一张像呢？十多年了我对老章还耿耿于怀。我翻开那本存折，里面只有两行记录：存 50,000，支 49,120。无疑存入的就是阿夕的那笔钱，支出的就是购买爆破物品的具体数额。我翻开那本笔记本，扉页上写道：韦鸣炮专用。我直到此时才知道老跛的名字。老跛啊老跛，我不是个称职的工作队员，我直到你去世了才知道你的名字。我用手指蘸着唾液，一页一页地翻开笔记本，我希望老跛有一张照片夹在里面。我首先发现老跛的身份证，我知道老跛的出生年月日是 1949 年 10 月 1 日。原来老跛是跟我们共和国同一天诞生的，如果他活到今天也该六十多岁了。如果他能活到一百岁，就能见证我们国家实现建成富裕民主文明的社会主义国家的梦想了。然后我发现一张公安局拘留所的释放证，那是我和老跛那天从拘留所出来时公安局出具的通知书,通知龙骨村群众,我和老跛已获自由。我发现老跛的笔记记得很认真,字也写得端端正正。某月某日到乡里参加了某个会议,书记乡长做了什么重要讲话,老跛都记得清清楚楚明明白白。我怀疑我们有些干部的笔记,都没有老跛这样细致认真。我偶然发现笔记本上记录了以下内容:4 月 13 日由乡长秦斌带去县交通局找唐毓彪局长联系修建本村公路项目,送唐毓彪局长玉溪香烟 2 条,米酒 1 桶。唐毓彪局长表示支持。6 月 8 日由乡长秦斌带去县扶贫办找兰国宁主任联系修建本村公路项目,送兰国宁主任红塔山香烟 2 条,国公酒 1 件(秦乡长说兰国宁主任患有风湿病)。兰国宁主任表示支持。8 月 18 日由副乡长蒙鹿舟带去县发改局找魏景非局长联系修建本村公路项目,送魏景非局长中华香烟 2 条,五粮液 4 瓶。魏景非局长表示支持。10 月 16 日由书记黄建武带去县府找分管副县长林瀚球联系修建本村公路项目,带去山羊一只(93 斤)、米酒两桶(100 斤),当天中午在小角楼酒店(在那里杀羊)请林瀚球副县长等领导吃饭(2 桌)。林瀚球副县长表示支持。我要说明一下,我在这里无意揭这些同志的短或者抱有什么不可告人的目的,我要表达的是我从上述这些记录内容,看到了老跛为修筑龙骨村这条公路所付出的心思和心血,看到了龙骨村这条公路艰难曲折的历程。照这样艰难曲折的历程,或者说把这样的历程转变成里程,这条公路的施工应该错综复杂,应该有若干个弯道若干个涵洞若干座桥梁,甚至若干个隧道。然而根据鸟叔和鸟哥的走线,整条公路的施工布局异常简单,全线没有涵洞没有桥梁更没有隧道,只有一个弯道,就是从清水街进入清风坳的那个弯道。我抬起头来再次细致地打量老跛的家,这个用油毛毡、炸药箱纸和竹条围成的家,充分证明老跛是个穷得叮当响的人,再说龙骨村没有什么村办企业,没有集体经济,那么,老跛送礼或者联系项目所花的经费从哪里来?十多年了,我在内心里一直追问这个问题。此外,老跛还记录了另外一些内容,鉴于那些内容涉及他人隐私,在此不便列出。至于老黄和老章吃过的喝过的前面已经交代, 在此也不再重复。我在这里要说一声,对不起老跛,我偷看你的笔记了。偷看他人的笔记是缺德的。当然,伪造或者炮制他人的笔记,也是不道德的。后来老跛这本笔记本被市组部、市纪委和市委宣传部联合调查组拿走了。据了解,老跛这本笔记本现在保存在省城博物馆。后来我听说有人模仿老跛的笔迹,在那本笔记本的扉页上写了三句话,就是后来登在报纸上的那三句话。我翻遍老跛的笔记本,没有找到一张能当作遗像的照片,真的像谭老师写的那样,老跛辞尘从此音容难再睹了。当然,这是谭老师的一种表述、一种追思或一种文脉。十多年过去了,老跛的音容笑貌依然时时浮现在我的脑海中,他在我的无数个梦境里,经常轻声地呼唤我文同志。其实我最希望老跛叫我一声小跛,就像我叫他老跛一样。可是,我永远听不到这样一声小跛了。不过今生今世我依然期待。

老跛走了以后,公路停工了一段时间,因为没有爆破员。我找鸟叔和鸟哥来商量,选派三个青年仔到我姐夫那个公司去培训。三个青年仔领得爆破证后,公路又复工了。我每天从工地回来,先给老跛上香,更换一天的贡品,贡品就是一碗玉米糊,两块山芋。老跛不抽烟,但包里经常放一包烟,那是随时随地敬给客人或领导,修路后香烟成为老跛点炮眼的工具。老跛也不喝酒,先前我以为村干部都是海量,可老跛竟然滴酒不沾。上了香后我给老跛汇报当天工程的进度,诸如今天放了几眼炮,炸了几方石头,公路推进了几米,都一一跟老跛陈述。为了便于老跛直观地掌握和了解整个工程进度,也便于我的讲解,我找到洪水流经的地方,挖来黏性很强的泥巴垒在一张八仙桌上,做了一个龙骨村公路全线施工沙盘(后来这个沙盘被收藏到省城博物馆),在鸟叔和鸟哥的指点下,标上线路和各个桩号。我告诉老跛,当公路推进到第六个桩号也就是六公里后,前面的爆破面就相对少了,用的爆破物品也就少了,就是说公路越往前推进,施工就越相对容易,我们的前景也就越来越光明了。向老跛汇报完毕,我就摊开稿纸重新写我的文章。我曾经发誓不再写新闻报道了,我到龙骨村后所写的报道,结果都是惹了麻烦。我写了那篇《一座天桥连接山外的世界》让上级把天桥拆除了,让全村三分之二的群众像干部一样走了弯路。我写了那份内参后,让电视台记者误以为我是搞假报道的,玷污或者损害了人民记者的崇高形象。我写那篇狗屁的《自制炸药修公路》,不但让我和老跛遭受牢狱之灾,还让公安同志收缴了我们自制的炸药,导致公路无法按原计划施工。就是我写的那篇高扬主旋律的《不等不靠自力更生修公路》,结果也只是招来了一杆杆红旗和一顶顶绿帽子,只是招来了一群来要镜头的人。我再这样写下去还有什么意义吗?但是,关于追记老跛的这篇文章我是一定要写的,单凭老跛拿阿夕那笔钱去购买爆破物资来修路就值得书写一笔。我无意塑造老跛这样一位所谓的扶贫英雄,我也没有这个能耐,英雄不是我一个跛脚记者所能塑造出来的。我只不过想告诉人们,在中国一个名叫龙骨的山村有这样一位好村官,就像告诉人们龙骨村曾经有那么一座天桥一样。至于后来老跛变成了扶贫英雄,我是没有意料到的。我写得很慢很慢,每天写不了几十个字,直到此时我才发觉自己确实就是写"豆腐块"的料,写快写不了,写长的也写不了。直到半个月后,我感觉自己的眼泪快要流干了的时候,我终于写出了那篇文章《好村官韦鸣炮》。自然老跛用阿夕那五万块钱买了爆破物资来修路,是我浓墨重彩的一笔,也是写作过程中始终让我泪流不止的一段文字(遗憾的是后来所有的后续报道把这笔钱的来龙去脉隐去了)。第二天,鸟哥拿着稿件到清水街邮政所寄给《南城晚报》我的那位记者朋友。后来我的那篇文章,成为报道扶贫英雄韦鸣炮先进事迹最早的文字,也成为后来所有的关于老跛的报道的母本。后续所有报道中的事迹,都是以我那篇文章中的事迹为依据为线索的。但是,没有人知道作者是谁,或者说没有人知道那个文丕是谁。当然,知不知道我这个文丕无所谓,知道老跛或者韦鸣炮就足够了。直到一个月之后我才看到我的那篇文章《好村官韦鸣炮》,因为《南城晚报》给我寄来样报的时候我已离开了龙骨。

我那篇《好村官韦鸣炮》的文章寄出去不久,村里急匆匆进来了几个人,说是有一位重要领导(后来我才知道是市委书记)要到村里来,他们几个是来打前站的。打前站的同志进到家里后,就跟我发生激烈的争吵。争吵的原因是他们要把老跛的灵位撤掉，他们说老跛已经牺牲七七四十九天了，"剃头"仪式也做完了，家里没必要再摆这个灵位。我说不行，撤了灵位我每天晚上怎么跟老跛汇报施工进度。打前站的一个同志听罢，用异样的眼神把我从头到脚扫了一遍。他说你每天要跟韦鸣炮汇报施工进度？我说对，每天都汇报。我说如果你来组织施工这条公路，我每天也向你汇报。那位同志气急败坏地指着我：你！你是哪个单位的？我说你不知道我是谁就回去翻看市委文件，我是市委派来的扶贫工作队员。争吵的结果是保留老跛灵位。但是打前站的同志又要求我离开老跛的家，搬到别的农户家去住，理由是我不是老跛的亲属，不能平白无故地待在老跛家里。我说我不走，打死我也不走。我说我要在这里给老跛守灵。双方争执不下，鸟叔过来拉着我，说文同志，你就离开一天嘛，等领导走了你就搬回来。第二天中午时分，领导一行来到老跛的家。在老跛用油毛毡、炸药箱纸和竹条围成的家里，领导神色凝重。领导捧起家中最贵重的物品——铁壳暖水壶，久久不愿放下。领导又摸了摸那台旧缝纫机，缝纫机头锈迹斑斑。打前站的同志给领导介绍情况：这是老跛睡的床，这顶蚊帐一共有五十四块补丁；这是老跛穿过的胶鞋，上面布满了泥巴，他牺牲的那天穿的就是这双鞋；这是老跛生前制作的公路施工沙盘，公路现在已经建成六公里了。来到老跛的灵位前，领导点燃三炷香插到香炉上，然后深深地三鞠躬。领导直起身子时，已是泪流满面。离开老跛的家时，领导说我要去看看英雄牺牲的地方。众人连忙劝阻，说那个路段太危险。领导愤然道，人家都可以牺牲，我们还怕危险吗？在老跛出事的地点，领导沉思良久，给大伙出了思考题目，同志们都认真地想一想，他为什么要这样做？是什么精神支配他这样做？为什么是他这样一个腿脚不方便的人当了爆破员？难道是他错了吗？难道是我们错了吗？最后领导指出，韦鸣炮同志是一个典型，是我们在扶贫攻坚中涌现出来的先进典型。这个典型我们一定要很好地树立起来，全体共产党员、广大干部群众都要向韦鸣炮同志学习。

领导走后不久，村里又来了一帮人，据说是市组部、市纪委和市委宣传部联合调查组。他们来村里向群众了解老跛的基本情况，核实他的先进事迹。他们除了拿走老跛的笔记本外，把那本存折也拿走了。三位"活愚公"之一的陈水贵，是调查组重点问话的对象。调查组问他老跛被公安局拘留的缘由时，陈水贵用一种愤愤的谴责性的目光盯着询问他的人，他说公安搞错了，应该拘留的是他这个老家伙。我后来知道老跛在被追授为模范共产党员、优秀党支部书记之前，有人提出他私制炸药曾经被公安局拘留过，公安局为此还专门出了证明材料。接着交通局、发改局、扶贫办、水利局、教育局、供电公司等部门的人就下来了，他们当中有的曾跟政府办曹主任率领的调查组来过一次，后来修路时又来要过镜头。但他们似乎已经把我忘记了，不知道我是什么人。我却有机会认出了他们当中的几个，比如老跛笔记本上的唐毓彪局长、魏景非局长和患有风湿病的兰国宁主任。他们满怀激情，豪情万丈，发誓要继承英雄的遗志，完成英雄未竟的事业。十多年了，他们那天在老跛家开会时说的这些话，我都听得一清二楚，记忆犹新。他们决定对公路进行重新设计，把目前的村级路修成柏油路。他们要架设高低压输电线路，修建农户家庭水柜,同时建起两栋村小学教学楼,把龙骨小学改名为鸣炮小学。他们要彻底解决龙骨村群众行路难、用电难、上学难的历史遗留问题。那段时间村里天天有人进来,鸟叔和鸟哥一天到晚嚷着忙死了累死了。我说忙好啊累好啊！你们越忙越累龙骨村就越有盼头。我说你们这是赶上好形势好时光了啊！老跛以前想忙都忙不了,想累也累不了。鸟叔说还不是因为你,你不写《好村官韦鸣炮》,上面怎么来人？怎么会兴师动众？我说鸟叔你怎能讲这样的话呢,我提醒他讲话要注意分寸。我说你责怪我可以,但不能责怪老跛。在老跛的家变成龙骨村扶贫系统工程联合指挥部之后,我不得不腾出位置,离开老跛的家,搬到村小学谭老师的宿舍去。

各路施工队伍陆续进村的同时,各路媒体记者也纷至沓来,有报纸的、电台的、电视台的。有县里的记者、省市的记者,还来了两位央视记者。在众多的记者中,我突然发现不是记者的老黄和老章,他们同样被英雄的事迹感染得面红耳赤,热血沸腾。我后来知道老章来画老跛的一本连环画,连环画名叫作《鸣炮》。我一听这个名字就不舒服,因为老跛也就是韦鸣炮同志是遭遇哑炮而牺牲的,但我又感到无奈,因为这是老跛的名字。老黄是来写剧本的,市里要拍一部反映老跛的电影。老黄终于能拍电影了,拍电影是老黄一生的夙愿,老黄写过很多谍战本子,但没有一个本子被拍成电影。老黄曾经对老跛说过要拍一部电影,把公路引进龙骨村来,现在的情形是公路或者老跛把老黄的电影引进来了,反过来或者倒过来了。当然,电影不是老黄的电影,是市里的电影。老黄告诉我,电影的片名叫作《苦楝树生长的地方》。我说这是一个好片名，因为龙骨村漫山遍野长满了苦楝树。老黄对我说，文丕你长得很像老跛，真的很像，走路像、说话像、气质也像，再经过化装简直就是一个活灵活现的老跛，可惜你没有表演才华，要是你有表演才华，我一定建议导演让你来演老跛。我说谢谢你老黄，我演不了老跛，也没有人能演得像老跛，因为老跛不是可以演得出来的。我知道我的使命已经结束，尽管我驻村的时间还有二十多天，但我知道我继续待在龙骨村已经没有任何意义了，因为我已是个多余的人。

离开村里的那天，我独自一人来到老跛和阿夕的坟前跟他们告别。两座坟茔挨在一起，坟茔上的泥土是新鲜的，就像初春刚刚翻犁过的田泥。周围还弥漫着香火味、鞭炮火药味以及浓郁的酒香味。我扔掉拐杖，右腿先弯下来，左腿接着弯下来。我跪在两座坟茔的中间，我说老跛我想你，我说阿夕我想你。然后我向老跛和阿夕通报，我说我们村的公路要修成柏油路了，你们知道什么叫作柏油路吗？柏油路，顾名思义，就是柏油铺的路。柏油路也叫沥青路，就是把沥青和碎石搅拌，然后铺在要修的路面上。我说你们知道柏油路与钢筋混凝土路有什么区别吗？没有！柏油路和钢筋混凝土路的构造是一样的，柏油路就是在钢筋混凝土路面上再加一层细石混合沥青。我说你们知道柏油路相对于混凝土路来说有什么好处吗？我告诉你们啊！第一，柏油路路面层比较软，汽车摩托车跑在上面会觉得很舒服，并具有一定程度的弹性，而混凝土硬度大，汽车摩托车跑在上面会觉得硬邦邦的，某些路面比较细小的缺陷，都会给人以强烈的震动感觉。第二，柏油路景观性明显，柏油路面一般为黑色，给人以深沉稳重的感觉，开车的时候让人觉得踏实，混凝土路的颜色是灰白色的，给人以浮气不足的感觉，没有景观性可言。我说当然啦，柏油路也有不足的地方，比如沥青容易老化，路面色深容易吸收热量，夏天你开车跑在上面会有一种很热的感觉。我说你们都听明白了吗？听明白了我就走了。站起身来，我突然见到村小学谭老师。谭老师递给我一个大信封，说里面是考勤表和鉴定材料，都按照老跛的指示填写了。我再一次朝老跛的坟茔跪下，我说老跛，下辈子我们一起开车去东莞。那天，我一瘸一瘸地离开龙骨村，就像年初我一瘸一瘸地来一样。

（原载《小说月报·原创版》2014年第7期，《北京文学·中篇小说月报》2014年第8期转载，2014年中国作协定点深入生活创作篇目。）